U0847668

譚祖安先生手寫詩冊

詒書題

◎譚延闓 著

華中師範大學出版社

新出圖证(鄂)字 10 號

圖書在版編目(CIP)數據

譚祖安先生手寫詩册/譚延闓著.—武漢:華中師範大學出版社,2019.4
ISBN 978-7-5622-8554-0

Ⅰ.①譚… Ⅱ.①譚… Ⅲ.①詩集—中國—民國 Ⅳ.①I226

中國版本圖書館 CIP 數據核字(2019)第 048527 號

譚祖安先生手寫詩册

責任編輯:張懷東　　**責任校對:**曾　艷　　**封面設計:**羅明波
編輯室:學術出版中心　　**電話:**027－67863220
出版發行:華中師範大學出版社有限責任公司
社址:湖北省武漢市洪山區珞喻路 152 號
電話:027－67863426(發行部)　027－67861321(郵購)
傳真:027－67863291
網址:http://press.ccnu.edu.cn　　**電子信箱:**press@mail.ccnu.edu.cn
印刷:湖北恒泰印務有限公司　　**督印:**王興平
字數:200 千字
開本:890mm×1240mm　1/16　　**印張:**23.25
版次:2019 年 4 月第 1 版　　**印次:**2019 年 4 月第 1 次印刷
定價:169.00 元

歡迎上網查詢、購書

目録

先祖譚公延闓行狀／一
慈衛室詩草／一七
粤行集／八九
訒奄詩稿／一七五
非翁詩稿／二六九
出版致謝辭／三六五

先祖譚公延闓行狀

先祖諱延闓，字祖安，別號無畏，清光緒五年十二月十四日（一八八〇年一月二十五日）出生於浙江杭州。是年先曾祖鍾麟公自陝西巡撫調補浙江巡撫。鍾麟公宦游各省，先祖隨侍旅居各地。光緒七年至十四年，鍾麟公任陝甘總督，先祖隨侍蘭州節署。光緒十四年，鍾麟公六十八歲，以目疾加劇請辭。十五年，自蘭州南行西安就醫，得華陰揚叟鍼目復明，十月歸長沙，先祖侍行西安、長沙。光緒十六年，鍾麟公奉詔入京，十七年任吏部侍郎。三月十九日鍾麟公七十壽，軍機大臣，同治、光緒兩帝帝師翁同龢喜鍾麟公目疾竟愈，爲聯贈之云：

斯人一出世無比；
君目再明天有功。

鍾麟公壽辰翁同龢至午始憶及，疾書集杜聯云：

謝安舟楫風還起；
庾信文章老更成。

飭使者以晝叉捧至壽堂懸之，以墨瀋尚未乾也。光緒十八年五月，鍾麟公簡授閩浙總督，先祖隨侍福州。光緒二十一年，鍾麟公蒞兩廣總督任，三月先祖就婚南昌，夫人方氏爲江西布政使方右銘之女。

九月，先祖携眷自長沙經漢口、上海航海至廣州省侍。是年先祖有《南征日記》，記九月十一日至十月十一日行止，爲先祖有日記之始。鍾麟公粵督任至光緒二十五年，先祖年十七至二十一歲，侍居廣州節署。其間光緒二十三年六月回湘應優貢試，正取第二名；二十五年八月，先祖長女淑生於廣州。二十五年十月，鍾麟公被命入都，二十六年六月乞假南歸，八月還長沙。自此先祖侍鍾麟公在鄉家居。十月，先祖長子伯羽生於長沙。光緒二十九年，龍萸溪創明德學堂於長沙，先祖善之，乃參與校事並出資協助。光緒三十年三月，先祖至開封應甲辰科會試，以北京貢院毀於庚子國變，會試在開封貢院舉行，先祖中試第一名貢士，乃清代二百餘年湖南之第一位會元，時年二十四歲。此後清廷廢科舉、興學校，先祖乃爲清代最後一位會元。四月入都應殿試，列二甲第三十五名，賜進士出身，朝考一等第一名，以翰林院庶吉士用。七月到職未久，請假南歸長沙，有《北行日記》，記是年四月十六日至七月二十九日行止。本年秋黄興（克强）任長沙明德學堂教員。光緒三十一年正月先祖三女祥生（二女静早逝，因未載），三月十二日鍾麟公壽終於長沙私第，壽八十四。先祖居憂辦學，任長沙中路師範監督。光緒三十四年七月，爲湘省鐵路事被舉爲代表入京與張之洞商築粵漢鐵路，時張爲清廷軍機大臣兼管學部事，並兼督辦粵漢鐵路大臣。是年先祖有《戊申北行日記》，記一月一日至十二月二十二日事。

清廷於光緒三十三年頒布各省諮議局章程及諮議局議員選舉章程，並令各省於一年内辦妥。湖南諮議局議員八十二人，議長由議員中互選。光緒三十四年湖南諮議局成立，先祖爲諮議局議長。

清光緒帝及慈禧太后於光緒三十四年相繼去世，西曆一九〇九年爲宣統元年。宣統二年，先祖次子諱弼即先父號季甫又別號秋中秋日生於長沙。中秋後一日先祖弟恩闓卒於長沙，年二十九歲。先祖兄弟五人，先祖居第三。陳太夫人生寶箴、颜恭人生寶符，均早卒。李太夫人生先祖、恩闓及澤闓。李太夫人光緒十八年始謁先人墓於北京宛平長辛店，外祖舅李安清先生隨即南遷湖南湘潭。先祖在廣州有「兒時雜憶詩」云：

相逢姊弟歎無家，雪涕親斟飯後茶。
説與癡兒知外氏，長辛店北路三叉。

宣統三年辛亥四月，各省諮議局籲懇立憲召集聯合會議。先祖以湖南諮議局議長赴北京。清廷仍持九年預備立憲之説，國人大失所望。先祖有《辛亥北行日記》兩册，記四月八日至八月十五日事。先祖八月中秋前三日出北京返湘，抵長沙數日武昌革命軍起，九月一日湖南率先響應，宣布獨立。時勢急，兵湧湖南，巡撫余誠格避走，總兵黄忠浩被執遇害。長沙士衆聚諮議局舉帥，先祖時爲議長，衆望久歸，而先祖堅辭，遂公舉焦達峯爲都督，陳作新副之。焦達峯，湖南瀏陽人，曾游日本，入同盟會，返國後在湘鄂間組共進會，與譚人鳳約在湘粤起事。及武昌起義，率衆擁至軍械局，遂爲一時所重。甫蒞事，急謀援鄂，會有新督重會黨、黜舊伍等流言，加以紙幣擠兑亂象，陳作新單騎巡視以謀鎮壓，爲亂兵所殺，焦達峯亦爲亂兵殺，年僅二十四。長沙士人擁入先祖宅，强起爲都督。先祖以安危所繫，義不容辭，乃出任艱鉅。甫蒞事即以濫殺爲戒，長沙士庶賴以保全。湘省内綏輯，出師援鄂。時黎元洪被舉爲鄂省都督。嗣南京政府成立，舉中山先生爲臨時大總統，南北議和，乃得暫免戰爭之害。

民國元年，中山先生在南京就任臨時大總統。二月二日，清帝遜位，中山先生辭臨時大總統，袁世凱繼任。七月，政府正式任命先祖爲湖南都督。民國二年三月，袁世凱使人刺殺宋教仁於上海車站，國民黨總理孫中山先生與袁世凱之合作關係中斷。民國二年六月，先祖三女韻生於長沙。十月，袁世凱派湯薌銘督湘，先祖乘江犀艦北行，黎元洪甫被選爲副總統，仍兼鄂督，派水警廳廳長何錫蕃來迎，換巡艦抵武昌。十一月，乘火車到北京，寓國務總理熊希齡宅。

民國二年先祖始有不斷日記。民國三年七月日記後先祖題：

自辛亥九月以來，簿書填委，賓客雜沓，凌晨而起，夜分不休，幾於習慣成自然矣。勞精疲神以事敷衍，以今視昔，覺措施之可笑，更數歲者，維持經劃之苦心既不可得見，惟餘叢脞癈弛之狀，供人嗤點，不必遠徵，翻此册可知也。

民國三年二月赴青島，八月歐戰起，日軍進據青島，舉家遷上海。民國五年，先祖在上海與胡漢民先生過從甚密。三月，孫中山先生自日本返國亦寓上海，先祖與漢民先生往謁，是爲先祖親識中山先生之始。民國五年六月六日袁世凱死，六月七日黎元洪就任大總統。八月三日，明令先祖爲湖南省長兼督軍。八月二十二日，先祖返長沙就職。十月，黃興先生逝，先祖挽曰：

當世失斯人，幾疑天欲亡中國；
遺書猶在篋，此行吾愧負平生。

十一月，蔡鍔先生逝，先祖挽之曰：

天地一英雄，出死入生，提挈河山還故有；
邦家兩愁慘，眼枯淚盡，艱難身世復何言。

又挽云：

心事如白日青天，遂使貞誠回刼運；
家國正風瀟雨晦，況兼孤露哭餘生。

十一月六日，得滬寓家報先曾祖母李太夫人寢疾，先祖即首途赴滬視疾。十三日到滬，太夫人先於六日棄養，即先祖自湘起程之時。先祖作李太夫人行述。

民國六年五月十五日，北京政府以對德宣戰案諮送眾議院。眾議院以輿情紛歧留中緩議，國務總理段祺瑞解散國會。五月二十四日，黎元洪總統解除段祺瑞職。五月三十日，安徽督軍倪嗣沖宣布獨立，豫、浙、陝各省相繼響應。張勳擁清遜帝復辟，段祺瑞馬廠興師，討平張勳復辟。七月，黎元洪遜位，馮國璋代理總統。

北京政府解散國會，議員多南下集廣州，舉行非常會議，以護法名義成立軍政府，推孫中山先生爲軍政府大元帥。北京政府復任段祺瑞爲國務總理，令傅良佐督湘。九月，先祖卸湘督去滬。

民國七年，先祖自滬經粵、桂返湘，過廣州重經鍾麟公督粵時公署廣益堂，黯然傷懷。過廣西蘇橋宿張子武家，偕其入湘。子武廣西臨桂人，光緒甲辰進士，與先祖同年，民國元年先祖督湘時任軍事廳廳長。張子武隨先祖入湘時，吴佩孚南征，破長沙，下衡陽，鋭不可當。湘軍諸將集永州，議退廣東守嶺外。張子武適至，以與諸將有舊，獨持不可。張移書吴佩孚，開陳利害。吴早聞張名，得書感服，遂通信使，訂兩軍防地，後張、吴結兄弟交。吴佩孚奉段祺瑞令南征，連下長沙、衡陽，而段祺瑞於是時明令張敬堯督湘。吴佩孚駐軍衡陽，方憤張敬堯督湘，以張子武之介，與在永州督軍之先祖交。民國七年五月十六日，先祖母方太夫人病逝上海，家人遲未敢報，是冬先祖聞之，哀悼欲絶，終生未再娶。民國九年，吴佩孚軍餉匱乏，求助於先祖。先祖於艱困中籌足，吴佩孚北撤，湘軍進駐衡陽，復進兵北討張敬堯。六月十七日，先祖還長沙，復任省長兼總司令。時北軍馮玉祥部尚滯湘西常德，先祖協餉與之，馮玉祥北旋，全湘底定。十一月，先祖宣布湖南自治，以趙恒惕接代，二十七日首途去上海。民國十年四月，國會非常會議選舉中山先生爲非常大總統。六月，下令總攻廣西陸榮廷。九月，陸遁安南，廣西底定。十一月，中山先生抵桂林組織大本營，準備北伐。先祖在滬策劃解餉銀數十萬。民國十一年一月，中山先生移大本營至韶關，二月下令北伐。時陳炯明任廣東省長兼陸軍部長及粤軍總司令，阻撓北伐。中山先生免陳省長及總司令職，令其專長陸軍部。陳部駐廣西者陸續回廣州，脅請復陳原職，中山先生回廣州鎮攝，令胡漢民留守韶關。陳炯明叛，中山先生避登永豐艦。時蔣中正先生在滬聞變，兼程赴廣州，八月九日偕中山先生至上海，與先祖日相過從。

民國十一年十月，中山先生電令許崇智爲東路討賊軍總司令，並派蔣中正先生爲參謀長，自福州假道閩南直取潮州、汕頭，會同滇桂軍分路入粤，十二年一月十六日克廣州。二月十五日爲舊曆除夕，先祖在上海奉召即隨乘軍艦赴粵。三月一日，大元帥大本營組成，先祖爲内政部長，五月調建設部，旋兼大本營秘書長。夏秋之交北軍在湖南有事，先祖請爲討賊軍總司令入湘，抵衡陽布署軍政。旋由張輝贊師長指揮朱耀華、黄輝祖兩團於九月一日突下長沙。十月，陳炯明部於惠州陷石龍，陳聯贛督蔡成勛攻韶關，中山先生電令先祖回師南援。友軍聞先祖所率湘師赴援，軍心大振。南雄、始興之捷，蔡部退回贛南，陳部退守東江，廣州復安。

民國十三年一月，中國國民黨在廣州召開第一次全國代表大會，通過聯俄容共之黨章，並選出第一屆中央執行委員及常務委員。先祖爲中央常委，孫中山先生爲國民黨總理。四月，大本營將各軍改爲建國軍，冠以省名。先祖爲建國湘軍總司令。九月，總理決定親自督軍北伐，移節韶關。是年北方奉直戰争結束，直系曹錕總統去職，段祺瑞爲臨時執政。段祺瑞、張作霖、馮玉祥都有電報請孫總理北上，共圖解決國是。孫總理深知與軍閥談革命，絶難有何成就，但却爲宣揚主義的絶好機會。十一月初，總理決定親赴北京，在廣州部署軍政各事，任先祖爲北伐軍總司令，後方調度之責委之於胡漢民。這一段經歷以及其後掃除滇桂軍楊希閔、劉震寰在粵作亂，經過先祖與胡漢民先生通力合作完成，胡漢民先生有較完整的記載，胡先生説：「十三年冬，總理北上，臨行交下兩個命令：（一）命譚先生完全代負北伐的軍事。（二）命兄弟留守廣州，代行大元帥職權，並負責肅清東江。兄弟便到總理跟前，商承一切，並對總理説：『先生此次北上，要我們負起北伐、東征的重任，實在太難了。不過我們無論如何，必須勉力做去。據我的推測，肅清東江似可不成問題，因爲我們已經養成精鋭的黨軍，足可擔任。至於北伐，便不能不替祖安爲難。第一，祖安統率的湘軍，衹是北伐軍隊中的一部，其他五六部，是否能受命祖安，便是一個極大的疑問。第二，祖安究竟不是軍人，即使其他部隊能受祖安指揮，但祖安是否勝任，也不能不稍稍顧慮。』兄弟向來講話是這樣率直的，譚先生聽了也不以爲意，且說：『展堂先生的話十分在理。』而當時總理說：『一切的事，我都知道，你們儘管去做吧。』『儘管去做』，是總理應付一切艱難困苦的格言，兄弟和譚先生，也就完全應允了。總理北上以後，兄弟便找譚先生商量東征、北伐，並處理廣州善後的計劃，譚先生慨然負起總理所交與北伐的責任。他說：『既是總理主張了，不管難不難，我們不能贊一詞，衹有努力去幹。』經譚先生的一番奮鬥，卒使北伐軍深入贛州，佔有吉安、吉水等處，向南昌挺進。可是其他部隊，的確不受譚先生的命令，走的走，亂的亂，甚至譚先生自己部下，也有鬧到莫名其妙的，可是譚先生還毅然爲之，不辭艱苦。這種效忠主義，堅强不屈的精神，真可爲我人的法式了。

「其後，總理病危，北平的電報到廣州，兄弟即日找到廖仲愷、伍朝樞諸同志和當時在省負軍政責任的同仁，告以總理病狀，共商善後大計，並說：『大元帥職權，兄弟實不當再行代理，最好能將大元帥府根本改組爲政府，並採用委員制，使本黨同志，能有共同負責的機會。』廖仲愷先生等通通贊成兄弟的主張，及後我們得到總理逝世的消息，譚先生也正從北江回來，兄弟就將所定的計劃告訴他。他沉思有頃，便很嚴正的告訴兄弟：『你的計劃是對的，可是此刻却萬不能行，請你再勉爲其難吧！』其態度的堅決，真爲兄弟所少見。兄弟當時，本知道如果馬上更張，一定會發生很多的糾紛，自聽了譚先生的話，衹好暫不提起了。所謂發生很多糾紛，究竟是甚麼呢？較遠的姑不說，衹就當時的情形論，楊希閔、劉震寰等，駐紮廣州，飛揚跋扈，假如政局一變，便會攪出很大的事故。在我們準備沒有完竣之先，自不能不稍具戒心。次日晚上，兄弟和譚先生在楊希閔處吃飯，譚先生非常興奮感慨，大發其我們聞所未聞的言論，他首先痛責自己，敷陳自己的錯誤，並說：『我們本來都是一知半解，但孫先生在世的時候，遇到任何艱困的事，還可以向他請示；可是我們渺小無知，還常常傲然自大，不肯切實服從孫先生的命令。這正是我們罪大極惡，萬無可恕的地方。現在孫先生死了，一知半解的我們，更失了指導的人了，我們今後究該怎樣努力，才能免爲先生的罪人呢？』又說：『我一生佩服的，衹有孫先生，除孫先生外，再沒有第二人了。便是我的同鄉黃克强，也衹佩服得一半，今後大家如果衹圖私利，陰謀蠢動，不能遵照孫先生的遺教去完成革命，便是孫先生的叛徒。』這一席話，大義凜然，當時楊希閔等在座，也衹相對錯諤。普通人衹知道譚先生不善辭令，却不知道他能『時然後言』；而事實上又往往由他『中節之言』，呈顯出偉大的功效！

「果然，總理逝世不久，楊、劉等陰謀叛變的事實，便益發明顯了。楊、劉二人事先避往香港，遂即指使其部下——旅長、團長之類，任情胡攪；截留稅款，要求給養，藉此找一個倡亂的題目。當時譚先生養病頤養園，兄弟則繼續主持大本營事務，楊、劉叛迹已著，兄弟便邀譚先生、廖先生、朱益之同志等會商辦法。兄弟說：『楊、劉的問題，到今日已如箭在弦上，不能不謀根本的解決；本來總理開辦黃埔軍校時，早已痛斥其爲禍國殃民的軍閥，假如我們能完全將他們殲滅，正是遵行總理的遺教。兄弟於此，已下莫大的決心，不知各位的意見究竟如何？』譚先生首先贊成，他說：『我相信做這件事，是非常困難的，甚至我的部隊敢不敢和楊、劉抗衡，此刻還沒有把握。不過胡先生的見解，斷斷不錯，在理論上，衹有這麼做，才能打開革命的道路。我們除拼命幹去以外，更計不到成敗利鈍了。』廖仲愷、朱益之兩同志，也就一致贊同，準備發動。後來這個消息，給譚先生的部下探得，便通通找譚先生請求中止，大家表示出『茲事體大，不如其已』的神氣；譚先生却妙不可言，告訴他的部下説：『消滅楊、劉，我衹是在道理上覺得應該如此做，至於如何消滅，却完全没有想到，你們還是去請求胡先生指示一切吧！』於是湘軍將領，都到大本營來找兄弟，兄弟便説：『消滅楊、劉，是我們目前必要的工作，楊、劉的力量縱然大，假如我們肯下極大的決心，便無有不行！』於是兄弟就雙方的實力上，數量上，以及對於人民的感情上，詳詳細細的加以比較和解釋，這些將領才欣然散去！戰事開始，兄弟和譚先生兩人同在士敏土廠指揮一切，最後由兄弟留守，譚先生則從間道到北江，撫楊、劉之背，予以痛創，其中所歷艱辛，自不待言！楊、劉既平，譚先生很歡喜的告訴兄弟：『這一次，我自己絶不覺得有消滅楊、劉的把握，不過知道如果此番不下決心，則將來一定更糟，但於此，也不得不佩服你的先見了。』其實，事實上譚先生消滅楊、劉，乃在自知没有把握的情形之下，兄弟則已經過精密的審度和計劃，這其間決心之難易，更見出譚先生之爲不可及了！」

民國十五年四月，中國國民黨推選先祖爲國民政府主席。六月，國民黨決議北伐，國民政府命蔣公爲國民革命軍總司令。七月九日舉行國民革命軍就職及北伐誓師典禮於廣州東校場。典禮開始由先祖國民政府主席授印，國民黨中央代表吴稚暉授旗，委員孫科奉國父遺像。吴稚暉致詞：

中國革命，遠起湯武，新舊主義，當然不同，救民水火，古今一揆。今中央執行委員會代表全體黨員，敬奉總理遺像、黨旗、國旗授我革命軍蔣總司令，率全體將士載而北伐。牧野之捷，載主休下，一戎斯定，天下爲公，尚其鑑茲。（取自《陳誠先生回憶録·北伐平亂》第四十二頁）

革命軍北伐，先祖爲國民革命軍第二軍軍長，留守廣州，第二軍主力由副軍長魯滌平率領隨同蔣總司令北伐。瀕行，先祖謂蔣公：前方軍事有須用延闓名義者請逕行之，不遙控也。民國十六年三月，北伐軍進入南京，後第二軍擴大爲第二、第十四兩軍，以魯滌平爲第二軍軍長，陳嘉祐爲第十四軍軍長。從此先祖自解除軍權。此一經過，胡漢民先生亦有所述，胡先生說：「當十三年夏天，譚先生從東江回來，兄弟當時有感觸，很不經意的對譚先生說：『關於軍事，現在繼起有人，我們也終於攪不慣，將來如有機會，還是回復我們書生的生活。』這幾句話，兄弟不過有感而發，過後也就忘懷了。十七年，兄弟海外歸來，與譚先生見面，寒暄之後，譚先生首先和兄弟說：『胡先生，你的書生不帶兵主義，我現在已經實行了。』這些地方，如果我們今日說來，真不能不佩服譚先生的偉大。許多人好言禮讓，而結果是禮讓其名，攘奪其實。譚先生不言禮讓，而事實上所表襮的，却又無處不是禮讓。在軍事上，他曾做過總司令，總理北上，並曾主持北伐事宜。在政治上，自兄弟游歐，他做過國民政府主席。但綜觀譚先生過去，從不介意到名、位、權力種種的關係。當十五年我們出師北伐，論譚先生的資望歷史，皆可以做總司令，而譚先生却欣然做北伐軍第二軍軍長。此種讓德，實可爲革命軍人的模範。至於努力革命，甘心下人的，尚不止譚先生一人，如朱益之同志等，革命過程中都是勛勞懋著，極講禮讓的將領，但由於譚先生如此，即有一二不明大體的將領，也不敢再有違言了。十六年兄弟出國，譚先生繼任國府常委和主席。十七年秋，兄弟回國，向中央各同志建議設立五院，以應訓政建設的需求。當時譚先生便很誠懇的對兄弟等說：『假如我還能服務，可否給我做些考試的事呢！』最後我們以事實上的要求推定譚先生爲行政院長，他也就慨然不辭。在譚先生的字典中，大抵没有名、望、權、利等字樣，他是真能體行總理『以服務爲目的，不以奪取爲目的』的遺教的。這種鞠躬盡瘁，效死黨國的精神，真可爲今日一切專事奔競的青年同志的模範！而專爲發洩支配慾、領袖慾，遂至不惜賣身投靠、殘民以逞的所謂老同志，也應該聞而生愧了！」

民國十七年二月，國民黨第二屆第四次全體會議修正國民政府組織法。四中全會後蔣公督師北伐，進駐徐州。五月一日佔濟南，日軍爲阻我北伐，出兵濟南，慘殺我交涉員蔡公時及軍民，先祖奉令赴徐州與蔣公研討對策。六月二日，北伐軍克河北滄州。六月四日，大元帥張作霖離京回師東北，在瀋陽皇姑屯車站，被日軍預設地雷炸死。五日，革命軍佔領北京。十二日，佔領天津。十七年十二月，東北張學良歸附中央，全國統一。民國十七年十月，中央頒布國民政府組織法、五院組織法。先祖任國府委員、行政院院長，胡漢民爲立法院院長。民國十八年四月，先祖輕微中風，赴上海療養院休養，九月病癒還都。

民國十九年，閻錫山、馮玉祥、李宗仁等爲保全實力，拒絶編遣軍隊，又提出黨統問題，汪精衛通電響應。七月，汪、閻、馮等在北平成立擴大會議，蔣公率領大軍馳驅中原。十月，閻、馮等兵敗下野，戰事始告結束。

民國十九年九月二十一日爲星期日，先祖在家休息，晨間寫大字十二張，午後作書四通，即偕長子伯羽及長婿袁仲頤赴小營看馬。先祖性素愛馬，蓄有良馬數頭，在小營出觀盤馬，驟患腦溢血，乃即返宅請南京名醫診治放血。八時許胡漢民先生、戴傳賢先生及陳果夫先生等先後前來看視，先祖昏迷入睡，未及談話。二十二日晨七時，特在上海請來名醫；先祖二子即家嚴季甫公、三姑祥、小姑韻、叔祖澤闓均乘夜快車抵京。各名醫於八時又施手術放血，並打退熱針，九時體溫增至一百一十二度，脈博微弱，九時五十五分溘然長逝，得壽五十一歲。

先祖的養生之道及對生死之理念，胡漢民先生也有深刻的解述：「譚先生的病，種源已久。兄弟在廣東時，每見他行走不便，曾問他：『究竟爲甚麼緣故呢？』他說：『我找過醫生，據考驗的結果，斷定不是腳氣，即使有病，想來也没有關礙了。』譚先生從前豪飲健飯，因此，凡找到醫生，如果許他飲食自如的，便以這位醫生爲通達；如果爲他多立戒條的，他便以爲不行。他說：『我以前已經吃錯喝錯，何必現在戒它，反令我感受痛苦呢！』有一位醫生，曾爲譚先生作精密的診斷，結果告訴譚先生說：『依你的病狀，將來有兩個死法：（一）得急病——腦充血而死；（二）由半身不遂而死。』譚先生告訴兄弟：『這兩個死法，假如任我自擇，我必定揀第一個，如果半身不遂幾年，未免太使我難堪了。』這些事實，我們驟然看來，似乎有些奇怪，仔細想來，則譚先生實另有其人生觀。就兄弟的見解，以爲唯莊子的『養生主』近之，這就是黃山谷所言『生生之厚，動而之死地，立於羿之彀中，其中也因論以爲命，其不中也因論以爲智，養生者謝養生，而養其生之主，幾乎無死地矣』的道理。在譚先生抱定生與死爲萬物變化之迹，爲人之所不能逃，如果悦之、惡之，甚之爲苟全生命計，勉强節制，便全然没有生趣了。這真是能知道『適來夫子時也，適去夫子順也』便『安時而處順，哀樂不能入』的。兄弟以爲一個有懷抱、能做得事業的人，對於生死，總有一個超人的見解。不過假如普通人本没有知識，却不能以此爲藉口，以致放縱頹廢，弄到馬援所謂『畫虎不成反類犬』。這一層是大家應有的認識。

「譚先生的嗜好，是寫字做詩，此外看馬，他自命不凡，以爲有伯樂之才。二十一日那天，也因在小營看馬過久，便突然病發，載回家時，早就失了知覺，服藥不能，打針不可，諸醫束手。到二十二日上午，呼吸便完全停止了。」

國民政府即日明令褒揚令曰：

國民政府九月二十二日令

國民政府委員、行政院院長譚延闓，德量醇深，謨猷弘遠。辛亥之役，建樹湘中，應援鄂渚，克奏光復之勛。嗣後討袁護法諸役，力持正義，大節皦然。曁乎壬戌、癸亥之際，手挈湘軍，追隨總理，入襄至計，出奏膚功，爲主義而效忠，固初終之不貳[註]。國府成立，以迄於今，定策決疑，夙夜匪懈，于以弘濟艱難，克定危亂，從容作鎮，政績彌昭。方今大亂漸平，國賴耆碩，何圖訏謨未竟，痼疾難瘳，天下憖遺，民失師保，遽聞溘逝，震悼殊深。著由財政部撥發治喪費壹萬元，派宋子文、鈕永建、賀耀組、魏道明、呂苾籌、陳融前往治喪，所有飾終典禮，務極優隆，以示政府崇報耆勳之至意。此令。（註：譚伯羽《譚祖安先生年譜》「貳」爲「懈」，以下缺「國府成立，以迄於今，定策決疑，夙夜匪懈」四句。）

胡漢民先生對先祖爲人處世之評語是「休休有容」、「和平中正」、「其智可及，其愚不可及」、「通而有節」。全文如下：「譚先生『休休有容』，具有古人所謂宰輔的氣度，他的性格，祇有『和平中正』四個字，可以得其大略。兄弟與譚先生相處十餘年，從未見其疾言厲色，有時有人爲什麼問題，互相争持，譚先生一來，往往令人意消；遇到難以解決的事，一經譚先生區處，也就十分妥帖了。所以有人視譚先生爲藥中的甘草，幾於攸往咸宜。但是譚先生在我們工作中，不僅如隨便配合的甘草，而是在配合之後，能使我們的工作發生偉大的效能，顯出異常適當的作用的。這一點，凡熟於中央政情的同志，一定已有深切的認識！

「譚先生天資明敏，自小便以能文章爲士林所稱贊，而其精到練達，更非普通人所能企及。少時，在兩廣督撫幕中，遇到疑難的公事爲他人所不解的，衹有譚先生瞭如指掌，而且區處條理，都能恰如分際。但譚先生生平，絶不願以此見長，他的一切都藴蓄而不外露，所以外間人往往以他一無所長，這真是譚先生『其智可及，其愚不可及』的地方。其次，譚先生雖然和平，但在緊要關頭，却又大節凜然，從没有絲毫苟且。兄弟以爲古人『通而有節』之説，也正是譚先生絶好的評語！」

胡先生稱謂先祖對國事的貢獻勝過藥草中之甘草而發生偉大的效能。陳誠先生在致其子履碚的信中，也有類似的評語。陳先生説：「我上星期日到角板山，老先生（蔣中正）問起你們姐妹兄弟等，我略告之。老先生説你最像外公（譚延闓），將來一定有造就。做父母的人聽到人家説自己的子女好，自然開心。外公學問、道德爲國人所敬佩，固不待言。尤其於國家的貢獻之大，實有不可以言語所能形狀者。外公任國父（孫中山）秘書長時代，確能做到腁上下、化異同之功夫。外公任國民政府首屆行政院院長時，使胡漢民先生與老先生合作，尤其能對付汪精衛（兆銘）之輩，實不容易也。外公逝世後，因之黨内諸元老發生分裂，更使國人感佩而念念不忘也。假使外公多活幾十年（死時年僅五十一歲），或許國家不至如此四分五裂，爲日本軍閥所乘也。外公也是老先生（蔣中正）所最敬佩者，

如不死，對於國家更可相得益彰。」（録自《陳誠先生書信集・家書》下册第六六〇頁）

後記：本文除另有説明外，均取材於先伯父譚伯羽先生（一九〇〇—一九八二年）編輯之《譚祖安先生年譜》及胡漢民先生民國十九年九月二十九日、先祖過世後七天在立法院總理紀念週之講演《悼譚祖庵先生》（載一九七八年國民黨黨史會出版之《胡漢民先生文集》）。如年譜後叙伯羽先生民國八年赴德國留學，十八年回國後即逢戰亂，多次奉派往歐洲使館，一九五〇年起又長滯海外，先祖之年譜實由徐建實、簡叔乾兩位先生撰述，於一九六四年伯羽公交由先父季甫公在台北印刷，分交親友。胡漢民先生（一八七九—一九三六年），廣東廣州人，長先祖四十三天。光緒二十七年進士，一九〇二年考取公費留學日本，加入同盟會，爲中山先生得力助手。一九一一年辛亥武昌革命後胡先生爲廣東都督，先祖爲湖南都督。民國五年，先祖隨從漢民先生進見中山先生，是爲先祖追隨中山先生之始。民國十三年冬，中山先生北上，臨行將廣州軍、政責任分別交由譚、胡二位負責。民國九年，吴佩孚在湖南衡陽與先祖交往，先祖過世，吴親書輓聯寄南京，時吴已兵敗，寄居四川萬縣，聯云：

巫峽猿啼數行淚；
衡陽歸雁幾封書。

譚景錫、譚景元、譚怡令感謝先祖親外孫女婿余傳韜先生代撰文

聽衛室詩草

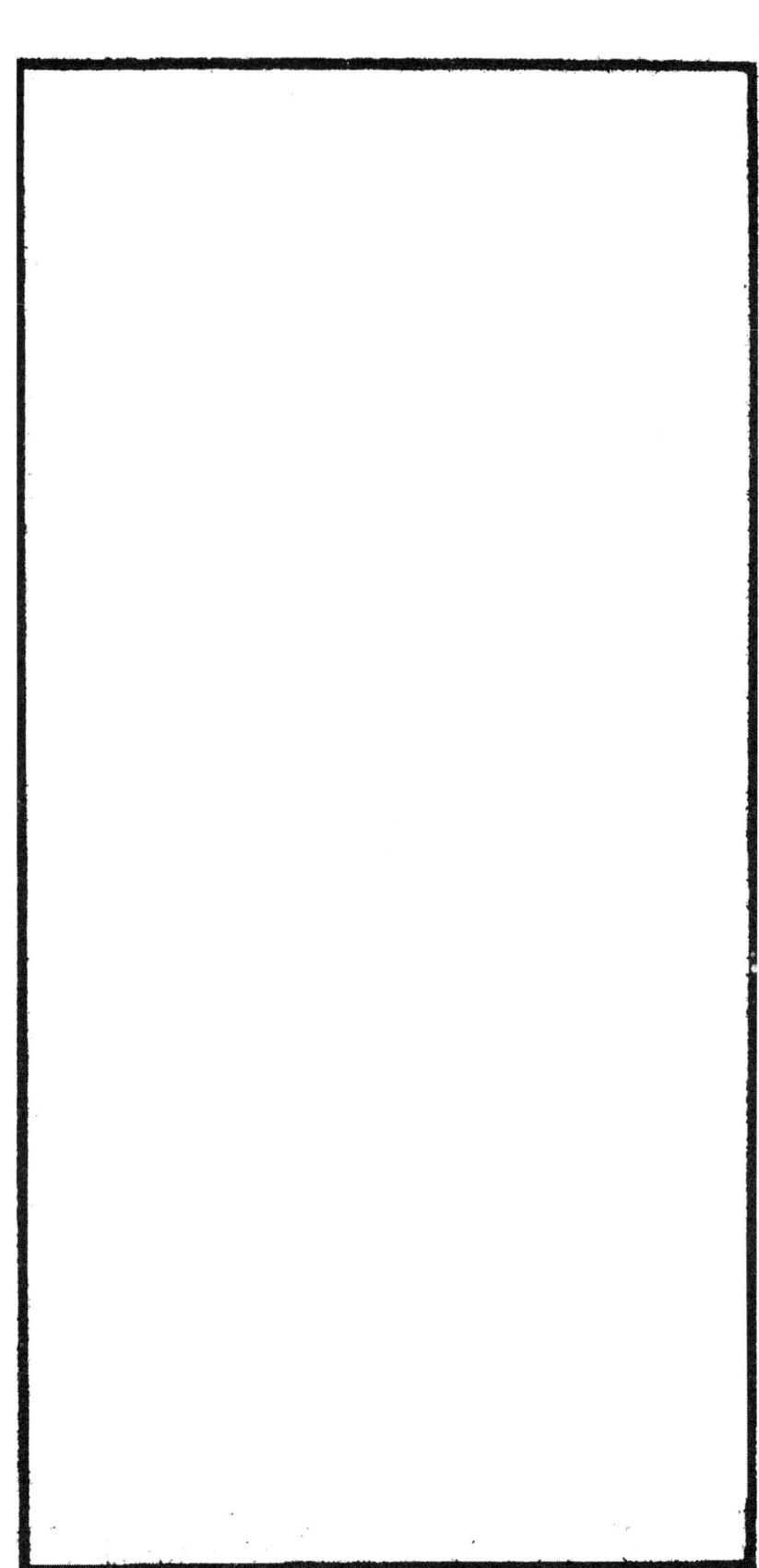

慈衛室詩

癸卯

清明上河曲　大梁清明士女填咽盖猶宋時遺俗感張端所圖遂為賦之

大梁三月春始花大梁門外去來車才見參差連遠道又看窈窕出誰家誰家窈窕正青春冶服明妝冠等倫綠髩侍兒金雀艷絳紗子弟翠翹新翠翹爭説春華美禊飲罷還如臨曲清裊裊香風陌上塵道道去轂門前水去轂門前迴還行可憐今日正

清明平原草色才能綠夾道楊枝已是青々山歲々長如昨車
馬翩々止々還作幾處清歌上碧雲一時素手搴珠箔珠箔東
南花正飛輕羅綉縠試春衣暫時酌酒銷金斝忽復尋春入翠
微尋春不解傷春事鬪草藏彄百游戲連臂輕歌赤鳳來同心
更逐青驄至青驄游俠五陵兒結客探丸意不辭珊鞭將裹衫
盤馬金距風前且鬪雞廣場笳鼓相追逐芳艸春萋宜蹋鞠
角觝三千幕若雲羽衣二十人如玉雲幕帝垂々處々通青帘搖曳
出當風生情芍藥長堤好聽取芙蓉小部工魚龍曼衍犁軒眩楫

檀金碧何王殿絲仗喧闐木寓龍華筵歌吹瑶筐燕蹀躞盲翁負鼓場雍容小妹角弓張蠙戲莊嚴堆百納珠塵舍利動諸香此時無限繁華夢此時不覺春愁垂影事還徽帳額鸞泥人更觸釵頭鳳別有傷心大道邊白楊蕭瑟聽啼鵑茵屑泥涴燕支泣春草紅心冷墓田生存何意歸零落雨愛風花同葬莫作可年時遨勝游不堪俯仰成哀樂哀樂平生恨未忘六陵[松]柏鬱蒼〻櫻桃無復舊南寢車騎愁聞走北邙蹲獅無恙龍亭圯惟有平湖自清泚鉢塔年〻夕照殘吹甚漠〻春雲起南渡飄零老畫師春來愁

絕未應歸畫圖金粉猶前日華屋山丘異昔時淒涼自染鵝溪絹
河聲嶽色還如見故國樓臺草木悲盛年歌舞風雲變歷劫長
恩好護持藏冰山曾錄舊平章雁鶩何人傳粉墨龍躧發
度閱滄桑七百年來朝復暮上河風景還如故共說
花時觴上春那知麥秀衣中路中路衣時不忍聞回車重
興向東門梁王臺苑餘荒草信陵祠廟空斜曛斜曛只在西
樓倒樓上笙歌殊未歇新聲一度落梅花舊詞雙將不迎桃葉
桃葉桃根事已陳玉津橋水故粼粼惟餘舊日梁園月還照

當時羅綺春

為楊子杏題何伯周夫婦畫卷

鷗波不作仲姬逝此福人間絕代無拂卷知君勤護惜同心

小印未模糊

古芬書品繼蝯翁小軸親題翠墨濃更與香閨留粉本

行齋長住翠微中

輕雲如水雨如煙我別西湖已十年惆悵畫圖看不盡舊

遊孤夢一燈前

新題卷尾寫生绡臥枕芸香結念遥別後思心更愁絕大梁風雪正蕭蕭 時將往汴中

無題

小院垂簾未捲寥東風昨夜雨今宵蠟鐙紅燼春如夢脂盝香溫(豔)粉欲消隔座情懷中婦瑟小樓心事玉人簫天涯只在朱闌曲莫向蓬山更怨遥

盈盈鎮日對門居珠箔樓頭自卷舒約臂金香窕窕當眉明鏡影如如綠殘粉膩裁魚子翠羽春凝豔鼠

姑恨不相親悔相見中宵風露苦踟躕

和蔡鍾菴韵

旅食島城郭碧湘街憶尔清泠別後佳去日年華悲逝水小亭香篆語清淮蒼茫身世鐙前劍窮窺天人鏡裏釵飄髻鬟蹤跡回首金荃珍重寫詩牌

入洛緇塵席帽低玉驄歸夢繞凄迷高樓夜雨垂簾外斜日東風萬柳西屏角芳華勞粉蝶甕頭生事感醯雞雲堦月地無消息愁說紅牆尚可梯

前韻和黎鰈庵

池荷東是綠楊街，步屧懷君小住佳。檻外雨聲春入夢，鏡中人面月臨淮。金爐篆裊情塵幌，寶軸痕殘認折釵。記否西樓明月夜，縹緗同檢舊箋牌。

錫簫吹徹楚天低，心事沈沈影事迷。芳酒夢醒瑤瑟畔，春雲人隔畫（玉）廊西。蛇珠未悔輕彈雀，犀管猶聞寶駭雞。相望相思邈何處，紫蘭香逕碧苔梯。

丁未

郭詞白寄示游萬泉湖詩紀成長句奉懷

郭侯慷慨能爲客坐對平湖數秋夕萬春藏身袛
自知一官袖手無人惜客裏悽然憶故情秋風一夜起邊
聲平沙歷歷遼陽道古戍荒荒樂浪城邊城亡君亡臣邊
月白萬頃湖光動凝碧戴酒還能泛小舟題詩不更
悲行役才俊江山共眼前競中陳廖劉清妍坐想飛
濤起溟渤偶留高詠答湖煙湖煙漠漠中宵好懷古

傷今一傾倒歌哭能醒壯士魂平生未分儒冠老嗟君年少
早成名被人還喚作書生懷中尺璧終何用海上長風意不
平戡年和戰喧中外祇与河流助淘汰百戰蕭條井里
枯三邊屹嵲憂危大休向山川問主賓神洲今恐更無神且
能有酒歡今夕忽復裁箋寄故人故人取別多零落每
憶新吟望寥廓對泣南冠意可知走馬東門事如昨一
年一度又西風一去一留無与同君向牙門聽戍鼓我來蕭寺
覓殘鐘湖中碧浪長清泚風物何如萬泉美借問年

年遼海波即今誰(何)似瀟湘水瀟湘無語日長(空)流相望相思共一秋惟有月明能萬里舉杯遥屬海東頭

次韻陳鳳光廖槺樵遊萬泉河之作

吾生役役任蹉跎世事紛紛訴夥多當代功名一揮手故人詩思萬泉波已無天帝能醒醉尚有湖山足嘯歌好是諸公同努力他年蠟屐想重過

乙酉

保定別貽藹人戍四川

辛苦三年別艱難再見時主恩終浩蕩臣職本宜疑道在身何病名存事可悲籌邊他日計應動九重思

憶昔趨庭日曾聞國士稱多多成隔世惻惻念中興生死交餘幾安危要有憑臨歧湯雪灑回首即觚棱

定有觚棱戀全家兩遯邑滄桑無限淚風雨滑
相親濯錦江仍舊聯珠集更新詩成應見憶
寄与莫辭頻
清華園永鳳光
偶辭城市宣圓會來看郊原浩蕩天雨後青
餘山一抹尊前紅映酒三船故人慷慨猶如昨
舊事悽迷不記年莫向園林問興廢且饒
酩酊話流連

游圓明園

玉階金瓦已無存麻莫誰能識禁園福海只今餘萬葦屬車曾記擁千門盛時文物留殘石劫後牆垣認燒痕惟有流泉依舊好年年不共海潮渾

己酉

庚戌

百泉展墓作

檜柏千章竹萬枝，靈宮迴望轉逶迤。蟄龍天與依滕室，駐馬人来讀度[柱]碑。夢裏瓊瑰他日淚，懷中芍藥去年詩。寛親何意皆黄土，從倚殘陽又一時。

柟竹山騎還有感

攬轡頹然竟獨還，長眠人已隔青山。依稀京輦聯鑣意，惆悵寒林落照間。千劫可憐同冉冉，百泉誰

与聽潺潺蹇驢岐路君知否穩向風塵揖素顏

贈楊廷瑞

華顛容易近中年執手相看各惘然往事經時
如夢裏故人今日又尊前書堂久闕金絲響畫閣
重尋石墨緣莫向人間問清濁輸君長作在山泉

辛亥

月夜過洞庭作

秋清夜已涼舟行月正高平湖静不波千里共迢〻輕烟散微瀾清輝麗神霄俯仰天地間始覺心遐超昔人感舟楫涉險戒波濤吾生信何營復此塵役勞徂年豈無悲逝者不可招人世境点遷神悽意轉遠湘靈閟瑶瑟楚老歎蘭膏徙倚空明中喟然獨

長謠

中秋舟中

秋靜平湖澹若烟，扁舟輕過曉風前。月明好共波中看，夜色還如畫裏姸。往事今宵餘涕淚，孤燈殘夢尚淒漣。年年長是人千里，每為良辰一愴然。

辛亥

繳園樓示前詩疊韻奉贈

吾生役役徒為爾世事紛紛忘偶然獨有故人能物外更攜殘句到鐙前舊遊孤夢真如昨乍別重逢已是緣往日琴尊零落盡愧將清濁問山泉

壬子

戲題劉雨人藏石菴卷子

一從烽火遍江漢，多少縹緗付劫餘。誰分夜闌人倦後，眼明重見石菴書。

御園今已無殘瓦，舊事還能憶往年。我對遺箋成一笑，不曾長跪屬車前。卷中有迎駕往園子語

癸丑

無題

倦客孤鐙感寂寥，玉人消息尚重霄。分無珠樹雙棲望，更有蓬山一恨遥。燭淚經時還惜別，酒痕昨夜又新澆。不辭沈醉情思減，多恐情思醉亦饒。

甲寅

題癸丑日記後

沈沈三十六年事，過後思量總夢中。一卷叢殘拋不得，又從泥雪憶飛鴻。

篝燈寫記記吾師（武陵陳先生），絕似長沙夜學時。慚愧雕蟲亦無技，卅年贏得鬢成絲。

黎兄兄弟劉雄豪，君羣季聯珠興每豪超。忽憶前塵生有感，可憐明鏡翳蒲桃（此弟館名）。

慣

來鴻去燕頻年事稍喜鈔書亦有兒莫向殘鐙思往事有人和淚說湘纍

食杏和呂無悶韵

海隅有珍果嫣小最堪憐異地知梅變同時憶桂圓林園繞自種春日想能妍莫漫慈新嫁娉娉更一年

隴上傳佳種分甘記每年獨慙聞同老大猶喜及芳妍檇李看仍小櫻桃訝許圓來春應更好已達漫相憐

題袁海觀春雞圖

投老江鄉感歲除朱門風物尚南都憑誰為點丹青筆畫作春朝正旦圖

妙筆天濤有舅風傳衣今日屬龍公莫將縞[縑]素論新故晉帖唐摹一例同

尚書精鑒何人似畫軸綝瑯壓百船輸與乾嘉諸老輩豐穰真及太平年

垂至青島

適看桃李鬥清妍又覩霜華慄野田惟有勞山知我意一回相見一嫣然

電掣雷奔又一時蒼茫歧路更何之可憐無限平生感猶有好懷能賦詩

贈古川大航和尚

世界微塵裏蒼茫見認佛鐙陸沈吾不悔稍喜見南能

贈野中正敎

異地驚鳥初見知名已歷年銜刀曾虎穴佩劍又龍淵

我亦當時侶翻同此日筵不辭成酩酊琴澳雪橫天

自青島泛海歸滬上作

仲氏喜浮海宗生願長風不覩溟渤大安知天地空淩冬涉冰雪返棹迴艨艟初日耀丹景列嶼呈青蔥波濤如陵谷雲物忽沖融吾生信有涯閱世嗟無窮扣舷發長謠遐卜神山蹤

和呂滿生日宴集詩

高宴猶湘曲深杯惜歲徂舊時同社侶今日幾人俱

世路空勞燕華年託魄蛄天涯隨處是何必悲羈孤容易過中歲生涯付一尊茫々念來日慨々感聲喧海色濃如酒春風細拂門桃花開正好聚（漢）武陵源

酒樓酬呂滿

高樓能盡醉何惜歲年徂短髮行將老長鏡命与俱故人同斷雁往事付啼蛄攜酒還相共知君與不孤宵洗聽玉漏與劉倒金尊燈影兼人影潮聲喧雜海市喧海雲低度檻山樹近當門念此堪充隱何心答巨源

偶成用前韵

閉門不覺春華美，臨水方驚節物徂。為惜繁英成獨往，好尋俊侶得相俱。幾年長路傷疲馬，此日遙山足聽鴣。最是盤陀辭人意，傳來欹對海雲孤。

春來簾外瀟瀟雨，猶有殘聲到酒尊。獨坐已憐花事盡，清吟無礙海潮喧。堆盤野蔌鮮宜箸，傍砌新苔長到門。便擬浮沉了身世，人間何苦覓桃源。

乙卯

劉小宗屬題大武書虎字同鯨公韵

健兒今日多投筆誰記軍門一(羊)字書此後荒江風雨夜應無魑魅瞰經廬

阿同筆勢高豪雄甚誰不道摹書勝自書气与東湖好藏弆他年聚訟到瓶廬

陳仙夆黎晃衣有詩贈答次韵奉酬

仙夆与我三年別別後重逢劉悲喜晃衣七年始

相見被服若仙一道士放交落落幾參辰世論紛紛名牛
李天外浮雲偶然合胸中世事那能理豈無斗酒滿金
尊尚有寒泉烹石髓羨君意態如野鶴笑我癡
頑猶凍蟻高談不覺座生風妙喻真如瓶瀉水相看
形貌非少時居指鬚眉俱老矣天涯聚散何足道人
生俯仰都如此不如詩翁騁健筆更有畫手傳神技
請君十日五日間著我千峯萬峯裏此時霜月來清
夜正見楓林映江汜綴枝殘葉餘丹纈繞砌繁花尚

枝翁不服老者
雕鏤心腎鉥肺肝較量黑白窮非是豪白戰不可降卅年墨
戲今餘幾

金縈樓今慨往有不言興酣意到何容已明年相望隔
江湘願君視此松溪紙
再和仙牟皃衣
幽居無事真可喜況復風流來二士新詩視我日不窮
燦如三春炫桃李坡翁沈泉半山逝調高絃絶誰能
理世人聚訟紛唐宋掊撦皮毛失精髓皃衣道人胷
錦繡乃如九曲珠穿蟻遠追牧齋近綺翁不數碧城
与瓶水十年前和門存詩散原驚歎觀止矣餘事猶能

作印人倭眼纷纭那知此仙伞山人挹水彼别裁伪體識真
技蕭綜衆藝何不廉鄭虔三絕無乃是尓来日日事詩畫睥
睨倪黄今有幾兩君新交我為介相將覓句秋林裏人生
會離別太易皃衣幾日歸湘汜我聞驪歌慘不歡離
心已逐隨風蕊藥珠還劍合知有時怨遥遠傷遠情何已當
筵請歌客毋歸為謫仙伞速伸紙

次韻皃衣見酬

我昔少年時跌宕頗自喜挾彈逐飛走頭時多豪士從

游亦偕南北阮結客常攜大小李偶然載酒過子雲復思
樂志同公理君時迎母來長沙異方正覔千金髓堂前
上壽頌黃髮杯底新醅浮綠蟻二老歡顏。猶昨日十年彈
指如流水此後相思每相見華顛漸覺吾衰矣海隅轉徙
非昔時感君脂轄能來此鬢眉颯爽驚座人懷袖芬
芳有餘技嗟余文武兩無施始信今非非昔是荷池花柳
不復夢麗山雲樹今餘幾招隱空思桂樹間人家何處
桃源裏翩躚高堂奉母慈吳淞何必殊湘汜龍華殘菊

復欲花鄧尉初梅漸含蘂知君别後來不易今年歸計何如已相携更好續前游爲君寫盡吳中紙

别黎六同吕士韵

辛苦才相見須臾又别君尊前餘斷夢天際有歸雲柏隱虛前約貽兒足異聞臨歧知共慰不用淚紛紛

多少歡娛日淒迷少壯時祇今成隔世迴憶有餘悲事過人如醉庭空月不寐且拚長夜飲未覺漏聲遲

舊好餘陳吕重逢話盍簪詩篇聊自遣别怨一何深晚

節知同保孤花識此心他時如見憶爲我更沈吟

久別已難聚偕遊行(仍)復(欲)歸迢迢對江水惆惆送霜暉念子經行處知余儔侶稀明春能泛棹相共採紅薇

壽徐戟門母

分野壽星輝北斗門闌喜氣集南州舊開珈服今釭貴新值壺觴碧藕秋對鮮早時承諒節升堂此日盡名流譜與衛嵩幂渾閒事不數雲間傅是樓

寄皋農

長夏空齋百慮清，端居還憶老經生。書堂燈火餘前夢，高閣桑麻想太平。人世茫茫誰得料，殘年默默愧無成。蟠藤山色應如昔，知我懷羞此日情。

病歸

替替楚以龍衰，駿駿老病時。爪牙塵（空）自惜，筋力久應疲。猛氣猶淩厲，餘生有歎悲。可憐殊霧豹，嗟君（他日）尔南留皮。

丁巳

題枷鎖圖

鐵窗紅淚依然在白骨青燐恨已多此是當時傳信錄不須文字託罵俄

題華文敍臨蘭亭冊

五年不踏長沙路綃素飄零事可知蠹損塵封一惆悵不堪垂涕憶兒時

題畫蘭

霜葉風枝又一時，故山春盡感離披。憑誰寫出蕭疏意，付与風流楚客悲。

題道州殘字冊

北派意多南派少，幾人能識道州心。破空殺紙渾閒語，莫向鴛鴦繡裹尋。

碑全安石存遺製，片玉崑山有舊聞。終勝貿人持一字，好教常侍集千文。

病起

安心是藥更何憂，病起翻欣百慮休。材略已銷英氣盡，卧從簾下看橋頭。

戊午

到廣州口占

二十年前疊鼓聲今來仍向耳邊鳴舊人老盡長隄改帳觸平生是此行

舊署

蕉滿牆陰榕覆池春花紅上木綿枝重來庭院都非故惟有斜陽似舊時

廣益堂

冠佩雍容數舉觴當時職事戒無荒廿年前事無人識雪涕重經廣益堂

南寧暫署

節府森儀衛軍容肅踐更低徊廿年事悽惻此時情日暎旌旗色風來鼓吹聲惟餘鈴下卒相對說承平

武鳴

馳道真如砥輕車入武鳴落落春欲暮濯濯稻初生野曠群山合江晴一水清主人能好客何惜百壺傾

柳州黃澤生舊屯

書生辛苦策屯田萬衆臨邊氣凜然往事淒迷餘廢壘
故人惆悵立寒煙干戈早識身如寄生死難忘意始憐更向
衡陽哀壯士當時部曲尚無前 謂黃岱

蘇橋宿張子武家

故人能好客為我啟前軒閱世尊喬木宜人獨小園檻
書猶共帙庭桂喜仍繁莫漫嗟行役新醅正滿樽
暫歸仍是客倘到即如家樟老不知歲榴紅已著花灘鷺心

知物候攬世感年華僕僕誠何意吾生亦有涯

桂林道中

雨過山如沐天青石轉明亂峯爭地出初日共雲生遠樹花還實春禽語更明（鳴）不愁泥滑滑清淺水中行

柳州道中

春禽鳴谷中歷歷如相語但知居處樂不復愁風雨本非期客閒閒者自淒楚舉杖逐之飛飛去知何許人心有欣戚鳥乃罹眾苦始信無安宊即在快意處

遠道

遠道無消息，傳聞有是非。冥冥真愧負，惘惘獨來歸。白首盟猶在，丹心願已違。愁心同淥水，無語對斜暉。

題蒲凡生先德詩意圖

山館秋清雨欲來，蒼峰正對畫圖開。卻思老輩承平日，展向晴窗日幾迴。

世德清芬好護持，流風餘韵耐尋思。分明先友題辭在黎文肅，舊日兒童鬢已絲。

蘇齋題字梧門畫我憶西涯詩境圖一事輸君轉惆悵秋林寒々對月華　孫

九桂堂花下作

又是秋清候繁花正滿枝寂寞人去後蕭瑟雨來時往事成今古（昔）餘香有夢思孫兒翻涕淚風樹感淒其

不寐

獨眠情緒耐思量不寐偏能覺夜長燭燼也（似）憐人寂寞魂歸猶有夢荒唐玉簫再世知無分錦瑟當時只自傷

苦憶平生成底事滿窗寒雨送淋浪

愁心

愁心如霧復如煙百轉千迴繞夢邊乍醒尚能聞笑語殘孤鐙長是照淒漣也知莆涸難同命未必蘭膏本自煎家國年來無限恨不因追憶始潸然

夜坐

了了殘更入曉餘泠泠寒雨到窗虛靜中偶悟鐙明滅定裏寧論境有無方死方生聊自適觀空觀我竟何如此心不

是無歸處可奈根塵未剗除

十二月廿四夜作

猶是平生意依然入夢來有情知不泯無語更堪哀一斷折

金釵股悽迷玉鏡臺憐君何處去欲去轉徘徊

己未

元旦試筆

日月堂堂去風光漸漸新只憐人事改不覺歲華新春

客思三千里生年四十身遙知黃歇浦柏酒正初陳

苦憶兒時事忽忽一夢過寧知中歲後無奈少年何

眾看猶是屠蘇飲不記相聞惟爆竹盡日莫辭多

秋醒二首

夢醒鐙殘風入幃涼秋曙色漸熹微沈思死趣應如睡

苦憶生平轉益悲，鄰語有時來客枕，晨光何意上人衣。明知真感銷難盡，也擬餘生學息機。

塵滾妝臺蛛罥幃，高樓此際曙光微。了無明鏡函雙影，猶有疏鐘送一悲。將毋可憐成隔世，遺兒誰復製征衣。年來潦倒成何事，慙愧當時罷織機。

感聖和詩奉答

鄭公鄉与董生幃，尚想高山接翠微。詩句（興）老來猶聲勃，世情今日雜歡悲。夢迴苦憶重陽酒，秋盡寒生九月衣。慚愧

平生相顧意未能心事兩忘機

和大武九日見寄韵

異地同佳日征人感獨寒客中無節物愁外有鄉閭酒濤心

仍醉年衰帶已寬向來飛動意真作等閒看

久客渾無覺書來始有思孤飛雲了了獨坐日遲遲世事

憑翻覆詩情雜喜悲茱萸堪滿把辛苦欲遺誰

題日記後

歲月堂堂去（逝）不回年華冉冉老相催可憐邱壑成今古未

信雲龍有去來薪盡更傳初唐大劫餘還遼溺復然灰平生自許能無愧潦倒何心對酒杯

為徐大題智永千文印本

目迷秘閣叢殘帖誰識王家有素風一笑平生應自識居然驚走為真龍

唐賢法乳出禪師石墨誰分骨與皮無限真人天際想此生應恨不同時

考帖評碑意〃若何半生辛苦慕虞戈（當時若使）可憐不合蘇齋見省

王家

識當時隼尾波

絶技真同鏡取影雙鈎嚮搨復何須此時眼福真無量三表與〻照座隅 魯公三表時在几案

夢還荷池故居

夢魂不爲關山隔揩眼還能識故扉廿載歸漫棲重到處孤行千里獨來歸荒庭橘柚垂〻實轉眼房櫳步〻非猶是當時攜手地傷心無語向斜暉

閨七夕

再喜佳期近依然秋氣深清多多前度夢脈脈此時情鵲

駕應勞止蛛絲尚織成莫辭歡會數一樣別愁生

庚申

元日試筆

舊俗仍元日，他鄉復此辰。飛騰人意喜，浩蕩雨聲春。爆竹家家急，門符處處新。定知今歲好，詩筆已如神。

消息

消息經年望已遲，隔河心事費猜疑。嫁（時）裝早借天錢辦，仙使何曾月令持。石闕銜碑愁不語，金莖承露更多時（云）。可憐橋畔群烏鵲，待得佳期又復後期。

二十八

游萬華巖贈陳九韶

南軒曾别苔封古七百年来復此游巳泛木罌窮急瀨更然松炬照深湫冥行人似蟻附蟻奇境不如牛戴牛濟勝输君腰脚健筍將容与涉中流

頻歲好為山水役而今不覺疲山棒月岩巖風洞誰（堪）能比鬼斧神工鑿此奇鐘乳晶瑩如來筍石田層疊自成畦多多游賞知難盡蝸居何當約後期

題潤默雷聲齋圖

老隱能無意還家故有思遠情圖畫裏猶是別離時白髮
待將老青山更不起他年垂展對應惜此棲遲

清明

忽忽又清明年年復此情雨聲隨意遠春水更愁生上冢能
無憶還家夢易醒幾時寒食路重省舊栽櫻

三月二日作

二十六年事尋思一夢中歡娛人事盡棖觸歲時同尚想平
生意依然上巳風呢喃聽燕語知否舊堂空

七夕与大武及诸友饯饮

又是金風玉露時廿年來事費尋思深杯中酒情懷好
小院迴鐙笑語宜幾輩賓朋嗟老大重逢兄弟感分攜
只言天上佳期近無奈人間苦別離

七月十五日作

歷世年年此令辰清秋迴憶有酸辛尋知人與青天遠不
覺愁添白髮新香爐更無煙冉冉雨餘猶聽水粼粼當
時歡悅今猶在羅拜看兒女一度思量一愴神

宿舊閣有感

房櫳猶是當時舊事往人亡劉可哀閱默自傷年荏苒殷勤還記似影徘徊明燈笑語情如昨寒雨淒冷夢不來歸棹今宵泝湘水知余款枕懷城隈

題萬民尋人桂叢先生島壘訪碑圖

塞外種植有二碑讖題訛讀憶兒時可憐老大頭顱白淚灑東川感慨詩

始然今君真好事親攜翠墨躡層雲卑菌

賸語吾能記，留与他時續舊聞。

手澤摩挲二十年，碧湖賓客散如煙。承平年少今誰是，只為當時一惘然。

贈蔣荃青

南楚多才傑，如君邁等倫。相逢正離亂，常与話酸辛。每憶楚山色，難忘避世人。何當一杯酒，重醉太平春。

辛酉

元日試筆

天意如人意，年新与世新。雪餘晴日美，花發滬江春。賓客皆同好，兒童日以親。歲朝宜共慶，下筆各掄囷。

記夢

庭院深深日影遲，廿年前事梦魂知。牀帷半掩人聲靜，正是而翁午睡時。

衣桁巾箱滿曲曲房，昔人親撫舊時裝。迴眸一笑知無恙

誰信人間久斷腸

題梅盦觀霞山莊圖為劉山宋作

劉君知我多惆悵出示觀霞舊畫圖妙手丹青今已矣故山風物世應無訖訖使有人天感穽穽還為水竹居歸棹倘逢陳伯子為言進隱性相如

題盧鴻滄僧服像

自我識盧子於今十六春每逢危難日獨見性情真出世能無意傳家故有人欲知塵外賞看此畫中身

昨過南屏下聞君正買山苔封不可到靈境想難攀感此懷前事懸余非素[昔]顏何當一相訪為尔和松関

代曾九作題畫诗

擻佩雍容五十年老來妙墨更如仙放燈時節團圓月盡照春花入綺筵

舊游長憶六朝山秋菊春蘭取次看何似畫師新粉本門闌喜氣一時還

題余係知古稀偕老圖

槃公翁妙點神仙筆二老風流入畫圖昔是鷗波偕魏國
今如鼇室伴田居雍容紱佩賢相敵窮寵丹青世所無傳
與鄂州諸父老一時同慶使君殊
壽母歡榮舊舉觴當時鞠䏰正升堂已看姑婦承家美
並有神人駐景方詞筆柵花新作頌庭階玉樹儼成行
年年訖取春鑑節此日是登歌第一章

壬戌

元日寄示大生

爆竹聲中夜燭晨庭梅香裏入初春明燈笑語兒童樂細雨簾櫳景物新佳釀乍强除夕酒異鄉還憶遠遊人不辭最後屠蘇飲遥屬天涯更一巡

五月十六日有感

五載今朝事已陳更無人憶舊時人輕舟急瀨長征日病榻深閨絶命辰玉樹祇留黄土恨牙旂空颭碧湘新

情知浮世都如夢〻去思量亦愴神

題吳子書黃葉村圖　何槃實畫

君方卜築傍清湘我客江南已十霜今日披圖同一笑應知安處即吾鄉

何人妙默月青筆槃實風流世已無畫裏（鄉）青山歸不得感時懷舊一嗚呼

題田桓畫棲鳥

揀盡寒枝得暫棲此心終是向南飛可憐繞樹無依者後

夜月明何處歸

題辛克羽先生遺像

七尺鬚眉自有真當時物論漫紛紜誰知異代憑身著

仍是東林舊黨人

題顧　先生家傳後

書生殺賊尋常事脫屣功名始足豪志節豈因官職

重涇陽當日亦郎曹

題畫

垂柳依依日影遲小舟閒泊近江湄風前正有黃鸝語知
是漁家最樂時

為人題坐禪小影

蒲團是處皆禪坐學佛何曾定出家了得西來真
實意[義]故應舉拂即毘耶

題曾農髯畫海松

農髯本不畫畫乃藏胸中一朝奮筆起四座驚神功
奇石盡天色海氣連[生]長松筆勢若篆搯欝屈蟠蛟

豈古人寧有此信知書畫通我見不忍攫還之東家翁試聽素壁間謖謖來天風

題於壬癸日記後

當時只記嬉游樂此日相看盡淚痕境過始知春可惜悲來惟有夢能溫流離事骨肉半生犯澒洞乾坤幾回漫翻休論難危家國恨酒徒今亦少人存

三十五

粤行集

粵游集

癸亥元日

吾生四十四元日海上經過此歲初日暖風和知
粵近春回物候感年徂飽經憂患情彌
甚長路貪嗔念不除多謝老鄰羅鷗鳥本
無機事樂相於

安得老棧從鷗鳥偕居深岸蕩一相於

元日試筆

海上逢元日年年無此情何時風日美微痕

不寒

你

炉烟爇

舵楼轻落俗随烟迷新题试蟹行塘山志
说我似耳似涛来

广州杂诗

小院闲庭趣岂嬴支离千步步耐寻思书声未歇
茶烟袅袅篷间听雨时

少年兄弟记联床诗窗手卷满堂光聪谈痴怀
同绝倒只余今日一回肠

右尚友轩二首

红情绿意渼渼闲商脉脉盈盈两不知天上如年否一家人向尽不解
相思

去日紅樓皆廢址舊徑川變尤堪傷當時已覺渾如夢又日況今來夢又忘

右庚辰二首

附重定戊午舊作

二十年前疊鼓來今來無限古今情舊人老去長暌隔絕羊生見此行

蒼苔滿橋陰檔霞地木棉紅上最高枝重來庭院皆非故惟有春風似舊時

冠佩簪裾客記第觴當時職事成無荒哉年年多少人識雪浪來過廣益堂

去棹

無題和山父

絮語無憑心自擾輕衫惆悵晚風寒空無聊
惘似隨波羈者陵枝但隨人去人七出能去餘
並夢回惟覺只餘々蕭郎自是縱遊情思向幽
隱居多招肩

黃浦江舟素月歸作

黃浦灘江水當時游屐經少年棹如過夢醒日
又揚帆思與流波遠雲隨秦家停駐細雨外

云

可惜

賞來看海山青

近水斜陽好群山漸悄於潮來漁氣月上見

村烟烽火樓台了風流話昔聞誰都多難自

翻騰太平年

青苏何年種今來已恨遲但知名鄉之誰只

空新之老樹千行將危橋一木支不穩衣襟

逕林下坐移時

青苏古書滿村莊

小艇行厨役飛舟載酒雨後秀吾爾具危

师 堪

少小依栖夏水边生涯春盘芦荻子鸡是八哉感

船菜多悠未相齐

月明画舫书香浓亦胜花远馆知市

近微很迹船钟此竟宗生袂翻栖宿家是宿亦生

年无悉随变行大匠

结交诗赠别杨浩白

弱岁涉世务所慕文贤豪常怀志业深不

以多俊髦夫子龙鹭姿秀向风相高仟国历

嶷屯求友思嚶鳴投予尊俎同相從幕府要

訂合籍情同言情神理超會合行者的離別宜

言勞呼危多攪擾道在常清操殊寧識不遑感（不當加又詩工好折所遣）

激從征韜

次韻山友送別

才名滿兩京無人老我權境悵從兵備隱未

成他鄉作離還惜此時情相見風雨後無寐

少聞壯說意已平感幽獨此別留今秋

兔城中作

别江霞云

石兄霞云二十年相逢仍未惜華髮落田園

世情繾綣海月如山家意共圓別久不離歡宴

數夢回遂憶華陳寄與君更有重來約莫

為誰歧徑默飛

韶州別蕭萱

惜別意何重相從惆惆行矣風檣在廣斜日

瑞泉回状

曲江城古佳原无穷关山空复情依依朝一挥手应为数归程

乘风舟中口占

卧听风声复水声小舟回溯碧流耕世人不识瞿唐峡险枉使清溪被恶名

亦有雕龙隐万雷惊涛回卷雪成堆长年篙师披发同呼誉非识篙长年师不是手

舟中坐雨作

客行岁六月出粤已有三秋霖雨人因春涨江水急流客（胡）难应后浚之孤樟转侭之正有南风数长年莫谩愁

六月风来已作秋叶叶凉雨打船头以若逢此际应难自撩起行人无限愁

黄敬甫过粤作乱海珠堤畔当前料天正贵唐铁雨无奈征人自热闹

祇道去州大作山路遇连雨洗愁颜幻心起侧恩成怨将信宽疑一例错

桂阳道中诗

流离兵间已自伤旧时朋辈几存亡征途无定

人物老列一日英風又桂陽
黃雲滿隴稻如京山翠千森森萬禾業此是湘
南好時節携將行役冬年七
小筧蛇遶畦上下老松龍爪蹴東西炊烟數家飯
稻熟節屆家家鷄一啼
田家作業千家門靜家子征途五夜行挑青鳴
悍能自在湯林時過一春春
山中夜行

人遠如行幾餞檄多如客寒知兵氣逼雨入
家勝證身世變方大杉楸霜已零雲生竟
何補國默過新亭

七夕坐雨

佳期只向雨中耽家裏秋清林下看要挽銀河渾未了得滿
雲霧對溪星
年年此夕等閒過夢話如今嘆奈何不借天孫儂試佳期同納涼
一吟哦

讀史

別錄論文廿年疏張王何遠（華虔）負陵師恩亦交

還似今

甚感題詩上何心友寄書

中秋夜獨坐

家久浮忘佳節度宵將徹覺薄寒侵精

困無月惜良夜剩有空庭寄獨吟帽角

也應無戰血照巢誰與送秋心不發悵惘里

有多懷來年更不禁

出游西郊紀之以詩

城外西禪寺知名二十年寫象還今加鴬閬

世且随缘僧普称同侪称楞更不饶王丽丈 湘侍

安得久怀旧一楼秋

雨禅寺

花莲何年寺僧徒指宋称猕猴铜像设尚

宝国盛仪舍利存空坛菩提树孕师出山秋

何称恺读记转头颗

花果寺

小径依山已变地上翠微层层只看高树岩谁

久远岸青藤学人无门新秀春已满山半晓

护度属惭愧对楞经

山岐屏书院

題曾九畫夢羲哉

農家尊畫公筆自權奇為華夏一老寫其思哉

之鄉民悟霜露所懷垂誦夢羲詩

臺州河黃代山墨

當年戰血殷樓地今日萬家傳劇一郎身命年

祖輯九死姓後萬千秋同仇貴任殊人

見歷劫村誤問在不世了溪翻[illegible][illegible]

以垂詞之積源講

马鞍山

篮舆轻度日安便谁识当时战血殷记取
明朝作重九秋风秋雨马鞍山
道上戏寄方作
秋风摇荡已无憀而有崇吟暮年遥微千
鬓为饯宴酬断肠声与纸笔传楼题思婵
人何在陌上征夫马萧去振独平生安阳恨钟情
独立、空花残

花發朱亭只占

手挽四弦倦正然起暗香青霜為政詞風露宵

怨以何機思能凝豈似凝脂

事往

事往如夢秋來猶厭春衫花塵如想換

掬腹中人情話新還擬斟心花影晨另年

雞一覺文章以言為閒身

求友

我亦九州同怨者然哉人已老名安千年犹与
乱离新烟烟干戈隐隐风雨飘泊生涯华
肝胆书剑图
宣统辛亥以南及五年前行军处
五年曾是军行地今日经过这一般人事自然多
故垒能生不见归罢宽绝及荒草依然设攒
东不讨贼有雁来已消壤倦淆俟何语可怜故
垒丁巳为二条

道旁红叶多乌桕叶名有作

乌桕经霜也自红，野人还惜拣山枫。可怜爱晚亭边路，将坐黄昏送客风。

度上尉岭

度岭方知别有天，笋舆丰盈万山巅。行人莫讶春阳早，十月桃花红欲然。

过风门坳

旧从此道晓登六敞不可名，今来看尽绝胜览

異乎生陪吾征途(塞)惺惺周旋雞羊村民相
勞苦共歡樂六兵
洞房詞為蕭納秋作
納秋故書所未獲相從而死一日忱抱之哭來
納苦甚飢色而瘦序勞苦如平生納秋自以愧
對之然怩歡死女人似覺所以慰藉之辭且曰
且之相從今將使君苦我欲相慰納秋述其事
甚然苦乃無悔而作是詩

洞房宫禁天难睹玉钩挂处如在帐底巷
人痴若云梦魂不到燕台路此时怅君无恨
君归前殿却神怔停思没爱情不得敛眉
概手何能动与君相携不相亲日日随君寝不宁
君今见尔妃妾心不识君心有新欢人人新欢
君自欢潜思偏拜诉风雨不知乡情新欢相思
怨知恩女非痴男真由来终不识别新有
尽情无欲只梦回留后人后迷犯果正有来

明月

重過韶州

一身歷盡夢四海已無家不用詩篇筆依然

走侍年時感慨似識熟絕且飛花撕懷南征

云 問道 事歸心逐暮鴉

問道待烽起熱劫火使河山將不路神馳

一何添十日勞勞奔命三年業同心不負是丈夫敵

平生自遠寫

新滿

尋夢蹤

往事謾迷不可思春蠶死後爲絲出繭來候

逃都無意甚見謂館夢蹤時

題歸禪上人六橋夢雲圖

我昨度嶺尋早梅十月山頭野花未開今朝

來訪六橋寺畫裏梅花香雲雜細個上人楚心苦

屋前一任花開與花落物外流連寫作圖

玉花飛遍河山闊而我家亦有花千樹豈意

金门避暑六榕寺于尘（尚）山民藏况闻风涛何所呼
人生清境得为生事后里分无一物可奈流年
冉冉过又看江树青青发怀旧伤无限断肠乎
生去住两茫茫我别岭南三十载再见花塔醉乎崇
苍苍白日同游我人生去衣色遥看年政罢序
归影东山後（上人室中）是今又是无如缘来李唐韵
偶来能为钟礼佛自相尚观艺金山叢作健
长安年缘谈如春水（鹤鱼山梅花诗）上人书时留寿
（亮识寺中）

今集少

手曾遮断观向南斗救众生一着心视修为
问锦衣今夜安在此后当修本师世人对我
空然疑落归说般不是了波 李有二信之画 流传者
圣人默嗟物论终成于斯也者自迷间自
美一花一叶空自非树亦无台能得觉却悟
题庭学咏时安楼为云灵珠枝画羽青
间雨来亦写入楼荆高阁诗
纯梦之诗

華鐙飾幄紅氍毹金猊口四垂儀蘇美人飛色
雪作膚不言不笑飛來階故人輝指起於娛君
今年得假娥眷化家滿堂歡擁掌陰而含笑
歡歎陳張戾而我雅居都叢冠擬綴霜鶴 尾章
鶴此時明月來庭際亡有鍛琴吹笙如子自然阿
母寧惜來色以取不豫神方歸似惡筆飾戒
秦驕為下笑笑而屏懷張收子傳解府君起素
康嬈伯庭中趣笑座盡幕下而敢入嚮遊於夢

覺些羅帳夢同飛人本無夢空留兩首感
生前只同宗合離别是因緣想疑新集嘆
余學道無來去胸中無念無病無每里雞首
詩同學子無寤寐究求來本夢魂散倒升
人得見遊者未須臾不須標置強自信
書業園觀華胥
讀廣州雜詩
三公祠廟化爲梓粵秀其書院幕堅懷者

十四

五層樓上月引人趣思入寥空
六榕今日本無樹花塔長渝已不登付與游
人借指點南王宮殿月如冰
影隨燈色無一
白雲滿樹鬱水濤環此是江南畫裏山欲似隱
崖羽風景樓人更比釣人閑
我游南川過九峰雲山四合萬杉松深瑤橋游行
此流多可為入畫一家畫一本中

了细

一笑春
那也

馆有壶园图与世人看小印

题李协和藏梅画卷

近来难容得少闲枯毫写作富春山蜡橘小

印成终记前与人同自存看

将去风流飘似者何须门崖已经行附靈

凡情应录家谁持联记文

海南行路比路云

海南岁暮春深风日和美如花满林散人忘年

一知笑如层[二十五]十年东闻将似今之君风光同烟霞共

泛

嗟時世道遂年搖落我與君相見時君年未壯我服
冠承平方隆皆儒生多君已早以能文稱賓行貢
乘國以籌為業屬北養府從旗英賢君字尚之世為
無進從邪門材楼東一島石三山俯闡秘華洲九眠
南宮年冠上取俊賢似謀萬彼得齊府相於大
官庭側隣列鄰居里業論數字遊山陰佳讓瑞
瑞超備實文備於能引滿我財不能之為移此能
吳儂語言標評啄德事至與陳越中里銘紙

鲜新已露转张豪士气，已驱逐犹见可怜人
一别果然人可改，精神何不善，亦知桃城郭在
未已如此谁云华发，胜事在物见偶多情怀
情新节序不我欺，遥望精屋花木仍娟好旧
日山房烟畔，异乡生处落叶空馀萧草为友朋
古屋不扫俊客都是，劫后过诗人出向楚中
老了去空留家巷，试将携蒿寺访禅师补
栋亭下情相对，夜色相上横斜，微花垂山峰

於群無傳但多人世成今古傳同天龍一指禪何似

靈照菴數爲數設空說者言何多卅載傳道印

史書詩君抑理氣詩聲後日三寄春到蘭序，

叢孔傳五十篇

兄未論及二十年抑多筆墨文思難能經豪

忠言詆鍵行通閱何覺之又嘆大夢不斷今將重抗

心乎其疑無奇起君自有書何壽待我代的贈收

鄭箋

晴庭先生吉

桂南平桂先生惠贈招拙祥本

和桂南屏兄贈韵　乙巳冬

平歲曾登佛陀樓已隨孔樹識風成（飛）家藏

又尋南海仍世澤仰看愛僊善學士奇何因說解

論詩今日又稱第潛存之誰許後來向周前致

博洽

論年批上何作　補錄

蘭文當門森滿壁承平時節盛衣冠學生中

問不急佳節烟堤中時有嗟歎

十七

江鄉

風俗

宜晨消長節物鮮南風江艇過蠡支天我今所為
每錢買一尺鯽魚看春送

夢琴 作者

五夜殘更聽猶明夢回猶是廿年前時許我老大成何事腸斷當時感至情
桂舫送中元四山分行旅以講經通法詞之
桂棹花庭光何至智幸與隨行到處從我教一言殊未敢忘操持了有機心
行藏的閑巷者筆

淋漓足壓蘿兩嗟今來翻覺耐人尋思肩摩轂擊長沙路此樣齊年紀程
桑舟送中叶因澂考影隨珠江以舟破沉時口占一詩
珠海風帆收破浪衣再隱亂後來如今夢想蕭雷動如無漏在中國可早望旋
三首 遠寸心情直一時遇人憶從徒待為不保致回舟任水風
舟中雨作 又一稿
你家浮泛日易為客不書秋女霜殺人之意念嫩水多添風雨宜一去一添波浪勢
來休南風了難辦送舟子陵言試

豆花

自是人間有用身不矜香色鬥芳新城中何限簪花輩只與游蜂鬧一春

六十六首

貞之

當雨

甲子元日試筆

在昔軒轅紀，龍飛肇此年。上元今歲始，佳節是春先。尚與中興業，重尋皇極篇。太平臻可致，努力仗群賢。

永憶趨庭日，親聆盛海南。精書卅五夢，故事幾人諳。老去兄悲弟，年來女勝男。新詩應在道，春氣滿巖函。

閒齋

新年端与岁俱来梅萼桃花一例开逢着不
须然爆竹周遶庭鬓长有霜需
锦袢初卸拈香牡丹去也以诗示之
寺桐作花簇过人家雁荒菜新枝艳有加南风回暖
春寒青史不经珍香作阳花
清源寺里春吟牙字数阶前残作尘争似
上人能长卷年年来看飞楼青 牡丹名
花稀原不待看作花馆前盛画以赞名与山瘖

读故宫文侍图画题禅林了

风风雨雨识春归，不遇寻春屐履遗留百代

时余犹觉人谱天长与嫁芳菲

重过旧园有感 开帘杨边路

旧地重经惨不欢，恩是今昔永悽辛酸池王墙垣

岁华尘人去楼空夕照残千劫可怜风日暮孤

守谁俊与念难难欲须苦说觉时事新者谁人

四月未寒

石料

业花

石坊低首学收書春业新花二月好此事楊風真六

未識只知一葉報秋初

題宋牟南畫

樓閣參差掩映間春來樹色渡溪香路人指

點居右許此莊是郎家色山

刀斗聲中山氣寒雲只今誰似李將軍不須更數

序何了 业花風流之序君

為吳南邨題宋年南安帳額

昔者將軍大小李畢安金碧林節之後人之論張

分劉遂使北派與南宗云郎將家山一幅為烟江疊嶂

傳至宣和以來南宋頗作健投北論藝雅從容數之

風流豈不為上馬殺賊僅為功多氣餘友智且為得

嚴追隨真能隆江湘戲亦存彩神脈庶乃與烟

雲通憂患相從渡南遂使其發華非思之氣

異壽北之者在布帳浩浩春天風更問南度其論

寄寄如吾揚於庭衖去游文武堂易得天天曉想四邑
皇方今の卯正多思未可握發思發弓繳矢罔忠
好將本領傳山華韓江東
學種菜閣

許宗衡之記

官府長是厭青果讓作田園日就荒要使士夫
知此味登壢乾擬菜根香
果瓜飲翼鳥將擣蜀之賞年鎮閉門莫作莫
樹邊著想荷鋤偕似老農蕭寺

烟蓑雨笠畦邊了了是閒不運機心我替畫圖

殊自愧一春閒坐屋廬深

求作花同後曰作

高軒出林端繫（全）花自作園不隨春樹路空映夕

陽殿（般）舒大明丹寵徽敕上玉親興起勳戰血（獨拂）

同同雨中看

花燭詞

此人姓周要不撰寫人也

旗族青神貴新姻此不避家鳴環來錦里

猶憶引手攀瓊樹朝朝見夭桃灼灼花圍圃
珠江月長與照春華
當年想不讓芙蓉見桃姿國色憐羽嫁牢容
感此份璞華今綫武全像昔填詞別有俏妝
曲新成奏凱詩 時不協韻

黃花岡口占

夾道成陰樹已林十三年事一低吟萬人謙動
看今日誰識當時烈士心

題余仲嘉印影

楳園琛琛祇堪怡，鄧派趨之趨下筆，貴易出是手。

屏絕萬緣歸正覺，印人中自有如來。

牧甫云亡倉碩老，將何推與暢宗風。多君異器

鑽研力究作他時一代新。

夜醒

境緣情緒幻思多，夢驅已雲化城，城忽返去帝。

所詩初醒，栩栩知非蝶，營營轉憶螢窗惜逝影。

一條

好

獨雞江月庚午夜
道揚鑣白首歸首
爲國儲無補里親雞不遠買雞留等逢
搖老叢殘海鷗飛還熟一江鮒炙已肥一醉真脫
屣嶽書向庭閑
盟案然無虞橋云自有亭隱山 蘿文
斟詩稱新牧
黃歲任雞風光能和飛鴻又共寫年七笑筆
了向諸老人聽

感

南海烽烟日东山春暮时新移绿如花辛年若岁
人知辞往岁功深恩怨思别离惟天知之深
须属辞咏歧
离筵还会何须异地情不禁师友空无素安危
重将除去丹信指日仰屈但孤行料有手居
兼去余日著心
岁前有感
少年日已老老去苍侣人人老渐渐稀伴我

另一首

羞于城郭嵌人魂夢書依迷萬方一枕仍多
縱下雙溪千里外圍旅力竟無以力努頭七尺軀
學右樵
者惜
歷歷平生事無端入念來魂銷難作夢心死
不成夜眠魚盡前印征衣從夏裁無方勝七年
遇探與影徘徊
今為言

行不得也哥哥不行將奈何南山有網北山羅為着
高飛不行奈何
不如歸去歸去還無故鄉為屢回顧
不如歸去朝一聲啼暮一聲啼歸去者何作

平陵道中口占

盛夏如秋暑氣不侵松杉萬木氣蕭森林間興
盤礴羣峯叢正似看山向桂林

往黃浦乘小舟甚駛

一水如驰道士舟腾万马夹岸真随眦遇舟欲破空行

雨后远露云气散雨晴回看翠势欲起至山情

题潘文勤消寒第一集册子

老笔风流倦久之承平文物耐寻思同时先友都（册中潘文勤张文襄吴愙斋李莼客先子诸先友）

萧斋剩读雷州兵部诗（陡遂山诗今存于此册之）

胡翁当时已自道（王文敏诗注竟曰付邠出示胡竹伯公翁）张文襄王文敏吴愙斋

题卷八卷如千秋（册中有）消寒墨今同会否（张诗注付邮归后八集近今或有罕）

八集今应易访求

彝器圖書數著錄，南北第宅久凋零。龜巢半舫（皆文勤齋名）成荆棘，記我來窺福壽庭（文勤第在米市胡同，余於辛亥秋曾往過，福壽庭樓楹猶存）。

題滂喜齋蘭瑞圖冊

叢蘭歲歲有新枝，寫出真形詫一時。想見承平無事福，朝安退食自娛怡。

愙齋藝事本多能（冊中吳畫墨蘭及叢蘭），只與嘗白胡石查秦衡日友無稱（顧玉森詩多焉）（右在胡壽康下）。

傳是狀元詩句好，人間誰得有

徐巖　此詩我為我之最惡

大武寄示近作次韵答之并示同作諸君

憶昔同遊珞石浪湖遂倩歌了方閒居江山才俊

杜陵蕭瑟寶馬來蹤知對武年流轉遂江介故

人聊老新人疏藤蘿歷歷已如蓋多修悲用將何圖我來座以錢荒榛亂髮吳獨空浦層樓

聽士吟之驚金蹄踐算史每雅猿鳴呼燕子悲號

衛生智把人罕窦覓夏天異薦挑九之六礼士逐家

一飞遂能笋點解来信内稜鶴擁捷易於窮方與我

云少曾若田若六郎自谓儒而儒修之以学了其危难
皎之孤月来庭树时知君正有怀新诗遂寄聊
申促名篇俞修泽山出口后诗巧合秦无匹嗟余久
矣茂居贫生此起觉同僅枯如雁笠参下继叠
六者茶味回都濡居郡来拟三年枝辞鹤正
爱子全催破平年少那多得驱子长笑情
嘉六年替文游
得其是
已
帅子咏持女全力象网求旧共主张
勿呼
汪九请来晋一六句韵和之

若我訪君來西湖荷花前後南湖居清明未竟
自舁出火僮將石頭稽謝識君壽乞把相救慰我
羈旅無親疏痛甚憐我度南海之苦受衍我良
圖兩年莊住某所以致年老齒錯髮鬆使長白
能嘆學書勸子味第不見鄰何聯膝投人萬篇邀相
據寫所之兩絕例為警醒人生取適即為樂趣
隱真性何限盡世人移之耳目以從于堂必真知
等即令往湘為深圖書波瀾間搖坤與天儔

此論豈足救此侯墨者常非儒，沉湎歡娛自有術也。豈必痛罵隨唐衛老夫如僕姬（？）寒參禍鄭聲（？）矣。那自撰文武張弛之道者，在於家人久矣，同娛遂廢。豈同禹墨天下溺，遂令一從成偏枯，忘身殉物，不自惜，殉勝淫沫相呴濡，豈言孝矣。君莫笑真安窮人解放殊詩人，原但作是語，我始為張還呼之。

閏巳刪大武詩者究及詩歌，殊為我答

二十二

吾聞主人一笑与一呼此心常如在圓珠又問真人与

天合入大不變水不濡先生學道四千載久離得

喪忘榮枯老懷閱世百無向天地何處私精魔高

吟不娩橘勝放東坡云大放於放校取用殷莫遠語侍此正有隨清娛胡

爲一命其執著謂我驚乾號於康衡我亡向

學了無須求敵行墨待言儒何於將戲於有徽胃

當坊死如借興全名壽考而不了汝南郭嘆且隨齋

王等移山日疑數奈惜力守習未了就至今無不來

万了不来去一岳岳分明成新呼手解是眠那定念
独坐用觉秋叙殿海风夜来凉枕簟竟缺不
候铺龙鬓借如大鹏六月白云会当羽翮宽南
图天金聊全病我病摄胸我数文辞歌蹑
豁义了会相见转君我世踟蹰死生原难亦
常耳自谓道阻将居之海南风物正可怀
湖何必非西湖
广州七夕

二十八

縱覽儒珠山奇樣牡丹花萬家皆見共競新妝之世人只道

天教乃知音天使之來傳

楊成樓在立秋先我心照翔紅數仙鳥鶴鳴高

盧者力毋年心了文照前　是痛不出與古月廣州同

詩同此乃皆飛出萬樣意前韻卷之

我思他異於古五開功成志遂身不居山與霸越

等閑了千今三截白鐵獅擒者而飛不可來一

舸同載情於蹴知軒皇亞征戰書女寧寵

二十八一

方陳圍古來賢聖無多此輩偶立獨特學疑
而我平生有微尚四十學道求真膽孤懷獨居
無有別馬牛一任旁人呼閒正老人招我唐契我
飾智郵弟驚異屠子諸為遠歸相宇同來說我
如年等赤將子棄非不出寡飯往依學子與陰
陽消息一不可道思遠能飛同佛像我感此言輒
三歎何異一句來車撒清香不繼世所為樹怪
夏子空為娛神人道殊情無合高唐何安

已録

梧桐庭至同梦中周与蝶不见不能化枝栖君
阶榴有解晓衣履空归沾湿多男不可柳
下可还男得我发明珠没疑恐思实州谈知
君对此当长吁

六榕寺追悼会许比烈士

未是功成日伤心风月桂佳兵在自识继敌恐
非夫神鬼知数何因人谢生死根不固升堂悲后死
如见万灵超

方湖謠五疊前韻

君不見負嶠千里環方湖瓊樓窈窕仙人居中
有一人起歔欷去不去心踟躕幽明月為明星疏
垂門靜閉森樹圍洞房青熒陳金輿尊中玉
液世瓊腴勝客曼聲為傳呼胡為不樂世
愁疾君旁人竊竊講君盍容有吾衷情臞
竽六鼇滿海浮岱輿天將倚伴人儔儔將知
九原有天側極不及時悲歎娛乃含璇空趨穹

塵地將來光海刓枯迴飈吹雨慈雲靈續續流下如連珠我謠君聽往娛吁

七夕詞六疊前韻同大武作

銀河瀾流雲散成湖蒼茫織女隔水居世人仰望空踟躕一年一見無乃疏豈知仙年同與塵年殊天宮七政別有璇璣圖君不見劉阮天台始將羅大千年少婦者點徑又不見王質樵斧柯爛懷中棗核猶含腴當知人間一歲天上正一日相與兒女相嗟

呼樵携妻孥鸟鹊过楼要女墙霸门等诸杯
拄杖卸于渡头用结驷还遗兴口与相亲衣挥
过儒待眉猿肩看云侧倚杖根别有缘
数新遗堂还夜夜苹叔猴之为病男与狸女长
出塞草同青鹿还缘任刹那之然如度以一夕
成就于君知神仙域者多年之伴主衣衫
涛不如穿猗廿鸡狐卧者无不足为数珠换棋
故了相嗟呼

三十一

儿时杂忆诗

搓玉团今岁续延一岁才新搞些花边两岁恰似拨蓬

瑶芳情长安待饭时

柳边归来怅无家雪佛观斟饭后茶说与痴儿

知外氏长年居北城三叉

霜鬓飘眉一尺须旁边撑腹话当年一丢心龙图出

聆閒话更乞先生为甚踪

兄弟踉跄放学时迎门阿姊替加领老都罩比晚鸦

收同送

被

急性有英記陸渡知
閏四和詩有招隱意之之疊韻奉答
秋來悰悰息不樂獨居深念常嗟呼故人遠詩招
我亦姑復一一如箕謀恩深意重忍再讀疑有淚
墨相和濤退後曉霧萬感集佛面散出肝膈枯
我亦骨果厭斷割自甘吟歎而回廬巴巴世
網自拿往乃將弁殼為猜嫌尔來夢想大同
世致新構並通之淵戮難團聚未敢息耶令

[?]謝切切好
多無物

俗子謾儒無家無我，指爲邪道，以天爲蓋地爲
輿，究說一例，若樂等說者定辨，錢與於己
墮修羅者何道，遏固非智者之所愚。（不知雅俗多矣，是物之笑）不憂我病
極苦曰者必并居相關皆惡，辯苦道，故任自然後方
枝長者以刀腰中風痒，倒死須剔，豈意疾走觸
膚黥，七日不許等（事，亦有）而固以必自刃於相關小人言代
川必果不等以後賢之疏，方生方死，因之喫情有其感
（爲）難喻卿，我不能佛，更不玉且未見道，傷彩居百

年戲曰同是一樣不如相忘於江湖

儔寔老云荔原以異人見目以詩戲呈兩首寄程寔

我年十二度閩嶠南歸將識洞庭湖又呼渡家侍

從隨荔原先生來起居謂我誦習皆僧學後來更舍每

知瑯琊奇附無弋者驚怖豈意老大仍空疏江湖臨

辦無相見青蛾地膝浮陶陰儀知老人一觴屠蘇

好吸遲垂泉詩賦二老風流照江介大泰豪傲

指歌呼花燭海如椒桌我亦感慨忘其愚

投变文从来本高我技我屡学同寅学取释以虚
起枝杆石发风碑及之文兴先生引要令鸿传说古无
无艾黄缆画才能论目不错老人进能所为猴腾
劉書相告款症图识我将以墨为名至学年十于人与
所见雨锐季悦中肠枯俗虚三斗墨一斗上雨下雨
数际之今我以雪墨设我廿载一曦真弹珠请乙
诵此但无韵句娱拱自编之气娴渊乎
答夏至和诗并文苍大九书揭

我昔卧病西子湖多君分屋從安居擇水墨茶方
不厭侍僕米蟹錯縱瀾阿母親為拾佛齋祝我
雞子恩成疏鱉肥羊煖鴨羹宜先試我實此言心
先珠圓引醇辭和栽果長我一事差逃稚無疑
肯分半生飯不痛口矣語樓气言何處腴新詩脫手
無歲語上與都皆相應呼我謝強梁不敢敵
所息旋披書柔數量且蝦餅數字戲成篇章刀斗唱
洛齋筆等枕席行坏思屢安蹤仍扬舟

与興斷橋於秋湖照河人，三夢變同尹佛況今風塵
日照洞菩靈峰大徒巖縱　獅山猶將未可無一知其歸
古尚親猊我從方今先明火乘槎周同揚　比庵功
成未識宗自蓋貴已內牟古於此何必能將業
痛談遊出衣襟，隱書便慈徒迷靈胎谿未免哭橫
還是珠球極其叙身，尚我何爲適其遠云何哉
表大君詩乞憐十二聖歸答之
雁書發文派桐城祥陽湖先挑皆大師乃任擇

子屋後來梅景書屋始以秋軒輊心灑脫君老於文心為家法拈律詩密無一絲惟將於詩不為作能與了儕(別)字對續詞圍乃今留訓高郵秦少游所作據其豪才人固知無窮可排荷而卿善而腴熟而(余)更方新前者寄我古香書如相呼朋分排我以及我昆乃以鼓將役(罗)迦(圖)里平生正事盡了往往之間從以手大歲在卯月加旦我生陸地斯樣興君之伴居之一世而長大能見吾儕而人從偽相似往往從是既高閣

可

游刃光陰去銷相照我多於撑天摩猴勇毅術未可
圖書擲杖策飛匡扈時甲辰与小兩了信更集瓷我筆
拈功名成敗另所了敢謂心灣今女需字多亂の出來
及吳宮此千金難降杜詩韓公筆一筆乙月不須學古難攢呼

中秋對月雨逐有感

當頭雖是影團圓の誰信季秋雲有忽多霧遮月無人問
隱匿雨真無權動遠遣山河破碎於今日鶴旅蕭
條似亡千憾中宵無同不寐獨憐憐憶照娉婷烟

題十年磨劍圖

秋氣日蕭森霜鐔試一吟莫將恩怨事孤負十二年心

题戴醇士山水册 古法朴奇一幅宛然於笔追

天机清妙气兼闲，画苑风流不可攀。如古豪
州文相砚故应离立追咸同

怜怜望来道今日花吊龙拏制老棒却对画
图生苍感南高峰下青泣斜阳 曾龙夔人手稿

题名人诗稿册子

编珠缀玉了在难，卅载搜寻得刘庄 方耕郎二堂
鸡鸣门程春海皆达者，石贞流沫说船山 船山 效此皆仁斜张

錢孚常州方大師斠刊遺墨耐人思慕將試律材寄

掌此是廣雅應制詩 莊方耕宮月中桂試帖一首強書寫記

重九日占

去年今日馬鞍山浙東牙頭往還人事自勞心

自暇又逢秋色向韶關

感事

力戰終無益孤軍勢奔逃空餘壯士血留與世人看荒滿

湖海烟雲舊岸吐殘東行之懷惻 辛蒼歌於福閣

劉爲

義在犀知赴時難履總迷一人投袂起萬眾出車遲
枉溺嗟無及量少了可憐之竟成觀壁上悲愧總戎機

車中有感

忽忽中年過悠悠世味諳只餘心況瘁無復夢池甜
形已支離似人應寂寞甘年輪轉不息誰行此腸堪
用已非壹學心還遠遠了還無同人易老馬上治應稱世論
擁相祈呼朽難失棧民癡身亦著青殘妝店衣

北征苦爲通津今百里無舟行笑車遲有作

前年沿北江舟行驛息已百里江流靜如睡微笑語謝
美行舟去絶近泥沙沈不起晰忽弄斗安又影不知道
遠近自南去澤澤如心水對此滌心魂境遇味合道甘甘思
太方附此水本如是後人撓大真亂為舟樣使搖搖數
千年民已無休止說知無了交取彼勸合此水固不
自料秉置得所喜好知為物役真性孫不亦思能渡
江江桃樁調戲弄公尚越汜深回流積織癢喧嘩折
古孫勞年上下已隱於論人了安得靜中理操懷念

後悲正若不解耳三欸秋來穀貪此名與予

市村詩士遊南華懷卿

卅載聲名佛大師亂於霜雪上眉鬚南能北秀誰分別珍重曹溪一句時

小極

小極成無森相攜似有人夢魂殊不隔形影久追記愛我知勝我忘身詩惜身死生新幻境翻覺病中真

病起以情

中岁方知病有功此身锻炼已成翁九鍼通

试虚法案百药新尝味胜菘济世方宜从破碎

闲房记收补残丛翻初肺腑无解语剩有微

躯验国工

闲收发辨

已惯不鸣久惊人那知稀尚能收大郡名方赋号

夜脱危岳如出飞鸿公回归使尝村白阅一

為騃人揮

曉發始興

曙色已微茫江濤覆薄霜樹明初日大雲霄遠天長水上氣成霧溪頭風作涼北行寒更甚應轉憶炎荒

大庾嶺

自昔南遷路北還能幾人我來苦行役懷古一酸辛路闊渾忘險風和已似春登山殊不覺未惜往來頻

聞吉安敗訊

趙刺輕千里終遺大敵禽竟荷楚歌識恨失贛人心過劍嗟何及輿尸痛已深何時當一洒念亂轉沈吟

重過大庾嶺

秦塞起梅鋗漢城築庾勝人亡世莫知嶺乃擅其姓冉冉千年過蕩蕩天宇峻如何張文獻鑿石使山病坐令遷謫人攜涸紛相麗種梅始何年天禍遂廓性者幹各惟醜好花獨幽龍繁如雲出山皓若雪滿逕人生偶值此眼明心為淨我昨初過時志与詎徒覽眷山既不暇探梅亦未盛山靈豈知

此招我迴鞭鐙乃知香雪海鄧尉殊未稱地佳心自開風高寒始勁陰崖明積雪枯松卧老磴奇石欲魅人孤峯如立磬不辭登陟艱始歎往還更古來賢達人百輩此輝映遭時事多忤抱道心無竟成虧本偶然世遠人知敬吾意未蹉跎蘇山倘為證

遊鍾鼓巖

孤峯突兀如樓船下有洞壑相鉤連束薪作炬始得入盤旋忽出層崖顛云此乃是仙人宅石牀丹室今如前鍾乳

舂二爲鐘鼓撞擊聲可聞潺湲洞天福地世豈有溪岩風
洞人爭傳道人語我事恍忽山巖闢開由飛仙吾聞北人古
有職刊山伐石窮深堅山空穴在詩有此人力所致非天全
答云耳目聚其適世間何事非由天推求迹爲若可證東海
來必成桑田旁人舌橋我自失徑上絕頂風冷然怪石如人
足攀陟下視平谷同奔川梅花遠道若屯霧庾嶺龍卧何
蜿蜒誰知此時懷抱懸坐看嶺表來烽烟
大庾梅僅嶺北有花如昔人南枝既落北枝開之誤題四截句

嶺南百樹自杈枒不見枝頭廖〻花我本来遲翻似早此行真不為春華

度隂香風拂面迴始知花是北枝開何人淂似梅風格骨与寒威两勝来

十月先開不為春耐寒猶是舊精神可憐北客閑言語誤盡從来度嶺人

嶺南和煦花猶勒嶺北高寒花欲開從此應知梅性格好花都向北頭看

輿中口號

多少蒼生淚欲傾路人猶自說歡迎傷心掩月南康道怕聽窮檐爆竹聲

贛州瓊花

蕃釐觀裏舊瓊枝仙種何年此地移倚樹攀條一惆悵我来偏及未花時

生日

四十六年過頻年患難中祇餘身世感幾見酒杯空事

往思逾匈兵多敗亦功未須嗟老至且署黑頭翁

除夕寄大武

在山盈甫令無有赴鏊備蛇歲已過萬竈烟沈兵氣靜一丸泥塞瘴關孤每回爆竹思嚴陣幾見新桃換舊符我本欲歸仍未得輸君冢後飲屠蘇

詩以道性情詠食而為詩芬芳悱邈極矣而自有一種雄稷殺氣不可一世之概盡其性情然也吾嘗執其一說其家以求合則傾矣始不知詠食者即不能知詠食之詩予不知詩而知詠食者畢其物據所見無此成理詠食亦不甚於常而所為詩動合能度一字一句則有其別柳又何說焉為此說者思逐能為知詠食詩

小宋小孫閣心注

融冶漢魏唐宋之菁英發攄高朗雄奇之懷抱故能掩有衆長不名一家豪宕中時出名理自成標格泛宕壽筆不廢詩登擁鼻儒生自嘶蕭瑟度量相越豈不遠哉

己丑三月清明後一日湘潭袁思亮拜讀謹註

沈潛漢魏得其神髓掃去陳迹力出清新機杼雖變胎息自深施之於古體則神理彌完施之於近體則風味逾上唐宋作者莫不如是元畏非學於唐宋人也而其道自合　徽觀拜讀謹注

丙寅秋八月黎承福讀竟謹識

丙寅冬日彼[illegible]讀過

訒菴詩稿

遐

訒齋詩草

乙丑元旦試筆

故事仍元朔初陽值令辰鳥聲庭外與梅訊嶺頭春人老書猶未軍行氣已申年年今日意常与歲俱新

偶行

信步尋春信步歸東風習習欲吹衣劫餘廢寺留殘瓦雨後高原見落暉小病始知勞是藥中年

一

惟有影相依旁人錯擬令山簡誰識情懷与世違

看取調馬

少年身手今何在不向春郊鬥馬蹄獨倚柴門

看盤控偶思墮塹想提携飛騰意氣逡巡盡

神駿生涯聲款段齊欲就蟻封還一試可憐

金埒已成蹊

郊遊

春風吹雨颯然收　招我同為郭外遊行子急裝如

畫

猺戶人家是處有碉樓水田漠漠犁初活山樹青青葉未稠稍喜都農事東作不緣風物久淹留

溫泉

滇上溫泉羲春和小浴宜略同修禊事尚想在郴時沙淺跳珠蜜源清瀉玉遲朝朝騎馬去應勝習家池

春望

驕

春風細細雨絲絲正是郊原綠遍時歲月与人同易盡山川滿月竟何之鐵鷹疾下如相搏駿馬絕空不受羈且就檐陰數坐具冥心物我兩無知

大橋道中所見

蹣路轉悠悠經行將欲愁伏尸何日事出骨幾時收世亂生民賤人亡土業休荒田誰復問閒殺道旁牛

馭

出門

出門無所詣四顧欲何之惆悵人將老徘徊意自
疑感深情惻惻心倦步遲遲正有冥行歎無
為泣路歧

弔飛機懷楊仙逸

排空御氣真何有摩頂捐軀事可哀馬革早知
非達士牛刀終是枉奇才當時曲突人安在今日
婆羅樹亦灰也識虛空同粉碎轉因知舊一徘

三

何翽　　故

何

養癡

屏息含禪下真同待沒同袁癡自焰患剜肉

更無尤乍醒鬆非我洗病得暫休瘡痛多來

起愁愧為身謀

三月三日作

三十年前今日事一時和淚到心頭明燈洞房簾幕隔

春如舊華屋山邱恨未休老去世知歡意盡宵

來兮無復夢痕留朱顏綠髮誰長在且向人間恣獨游

卧病

聽雨聽風靜裏真小樓卧疾又經旬分陰易去誰能惜大患元知是有身左肘楊生今日夢後庭花唱隔江春人間喧寂時相倚欲掃閒根寧養神

暮春奇寒寄弟

三月

南中春老尚凌兢一夜嚴風欲作冰鷄首此時真帝醉鶴言他日詭堯崩閱人自有炎涼異飲水應多冷暖徵上巳吳淞正飛雪（來者云然）定知今復苦寒增

寒食憶舊事寄山父

寒食木綿花著花去年曾（是）醉使君家祇今逢日愁寒雨無復披雲問早霞春老鶯飛真似夢人亡國瘁有同嗟歸來自濕西州淚不忍知今有津樓歌

厭

考槃詩感物華

述病詩

一卧遂經旬生來未嘗有騷〻髮始華壓〻肘

生柳袁癰本無意諦疾亦何取兵間遂流精

身外隨可否羈跎千里途遂纏綿三月久鋁刀謀縫一

割棄囊侈相揭垂庭龍吐黏探穴佛含翕口

旅失落白肉左輸殷貫肘豈惟謝騰跨遊欲

辭趨走不治將恐深有關利無學急起趣

五

瘥及偶

舟車意欲腕枷扭殷勤華元化手生醫國手
洞垣人已見割肉刀可剖進以麻沸劑醉若茅君
酒魂升身与形倏尔回到丑醒来忘人我病去輕
擘指始信死無知便覺生亦苟擬夢因非倫說
畏特益魂沈病已霍然小極信死智是時天昔
雨靜臥室如斗明々燈照榻淅々風穿牖孤嶼水
中央平湖居前後心安體已令意淨身無垢六々
月亮可息三尸何用守庚寅謝將迎慰問勞

簡
將得

賓友雲臺白日徂忽忽青春負得閒殊不易此
病真非偶轉愁出門去患淪落世網得馬恐非
福不材狀為壽何當全其天自斷支離叟
次韻汪九太武上巳大雪之作 時廣州雨雹傷人稱謂為雪
異方不識雪說雹猶說夢相驚人半歷未覺聞
河漢少見固多奇金輕宜羽毛豈知江海據巨有
寒雪霜詩人易為感佳篇遠相送一言貫天人
萬象赴揮攉龍華桃始勤西湖柳應淞良辰

廚自

賣不疲佳境々尸可封胡為轉愁絕若歎非時
用憂夫意寒々簡閑出辰傷氣執種作侍余君儆遠此
事未可是惆悵涼信偶然何處無相送但攜帶春
詘曲持情瘠今從何時同娛游徽言憶來諷
同雨用前韻
寒風砭人骨凍雨空客夢始覺江海沸又怒瓶
盡凍春深花而襟夜冷衾珠垂沈々雲低盡漭
漭日昏霜小積江漲入遠帆寒潮送乘龍意

始知商羊數可拄昨宵滂飛電已是屬驚寒淞長飢人自沈積水靡已封五行信有沴三事竟安用桓目波浪闊敢同桑麻稚儆厄天意深閔恐孤懷惆悵雨霽若微溶溢孰我從回天在誠感此意足歌頌沈酱備能滌要言非託諷

早醒

五夜初醒覺漏長隔江殘柝聽遙荒雞聲四起如相和看夢香溫已半忘雨甚已愁潮

记

噫户踞明微见空流光病影文似瑤琨鹤妝
第端庵恬早凉
次韵答杨山父见怀
晨趋公府暮衙斋留其旁人几浪猜惆怅
当时好兄弟未终花发不重来
离宾谢政得闲居奉母欢然视膳余有忆天
涯来怀寒髮讨还寄同梅书
珠江风雨夜沈沈犹是年时惜别心为问淫槃

悲泣者每人得含海湖深
逃墨逃楊百不知學書學劍兩無爲不如投効
從君去長及次餐香飯熟時

晴

苦雨已連月今朝始得晴萬人空巷出獨步繞（孤坐此）
（以請）廊行久病羸腰腳忘形一死生晨去已多慮天
畔早霞明（俗云早霞當雨）

次韵倦知老人和江九及舍弟上巳大雪之作

自我來貴州三春程一夢今年苦寒雨雪交砭肌凍
那知吳淞江雪壓死老幼徽苑車轍迷歷亂民溝雪霜封人
至訓答付史疫壽送名名癒深悲聲勃不可挽皆亡
五行黔眚令乃木湫悽愴天人交怨懷山川封老人
尤惻怛語為名教用有如九年老成為己一枝轉世俗亂石閑
孤懷黔首惆注歌不能長此之誰與從太平方來了文
弦在雅頌嘆惜余與數人奉千懷數諷
黔南園主冊後又留

云

仍

天人姿

北魏稱善書皆言學羲之（見北魏書北齊書）亦如魏收祖孝徵流

縱工江左辭南朝雖殊方風尚無相師諸人執碑帖

強為分隸隸且如崖巖石山崖謝中無碑南朝之少石刻北

無簡札陳遺我士但孤行門者宜其疑

書以英權人影風振未造遣二變化出新奇獨秦張古

調墨從鍾長史智通衛及妙晉唐不傳秘四百仰

先四條柳固於倫杜韓倚金嶽山觀如唐文皇名宗寶人

想二綱道遣千載人誰其得道要

李黄

南園年石承天乃從其書道節以一人寰固與常人
殊請評宋元來道與韻為後寫合書者心目以為書
君讀晚年更峻絕骨立似肋壁行豪傑行非俗堂
若以代构河如飛画馬之異鴻波圖之氣我世上人哉哉
同墨豬

次韵山谷南歸
亂山如馬沒平蕪眺盡中原眺眼孤枯一線蜿
蜒走南朔孤懷浩蕩向江湖壓裝黄石峰

朱

蒸雲敲快圍書箋圖待著欄窗寄猶春明未歸家
鷓鴣聲裏是吾廬

疊前韻寄山父

滿眼殘陽下碧蕪，知君心與淚同枯。一棺苦了已千古，獨棹孤舟更五湖。豈有紛塵能自樂，可憐貌壞亡空捌。江南正好花時節，待我歸來共結廬。

記事

頭風豈不得愈陳琳檄，背癢那得豈念麻姑爬，蟲之識矣已矣

吳某者非耶或是耶痛苦疑達忘信相恤死生契入
聞蕙岳嗟但之魂夢久留寞何忘從繞迴靈峯
若往九見燈冷前約
華子樂病忘鄭人寧覺夢寧知妄即真寞事識
與凍玉人本無為外物非所委百年遽已覺寒事
忽如霜夫子志江湖謝安屏遊逕狐憶勸遠憶高
詠躅飛控昔夏卿冰蕩今歆春寒湘避人非老世學
道豈希封曰余三年役自數一割用材因棣社樹似

詳刑名稱辭意蓄實處始窮驗洞石辭吟等
何取喜由也從籧行修有慕涵德亦曲可珍佩愧
損隱諸後於謝箴諷
註九言詩盛之損謝次韻奉答
我詩本如饕作躍又虞夢又修於亂其易飛寂似瓊鏗凍
詩前昔讀黃者知識貴君今更何如定使衆目驚
名蕩浮海來意者神風逕逼如何不驚又得王良控
平生投分人瀟若木上湘浮之喜兵蘇之美如史美及封

学我诚愚逊诗人裁妙用翻无一字不勤既获遂忠种
志得易以满才尽将毋同君宜骋骥已十驾马矢相追诗
诗时见赠但箴勿漫须本棉方盛开了廿花下讽
侥知老人寄示游龙华诗感往寿今乡成长句寄新
天风吹坠车载酒我别龙华今已久人事崎岖未得
归桃花烟漫嘤和负多愁新诗述宴湖忧见平川盛
花柳琳宫珠阁相望辉细马轻车恣腾骖好云烧
树东复西蔚日无霞改岁还为仙源鬼借准又入雨师

正當春官栖遲火微張空之十年的壽移四次垂三後
祇道舊傳遊學菩薩那知昔盛今無有殘傳桑歸
說干戈老人健步攜家友花寒數般南遷遷破
還然知某某懷我頹將歲丁戊歲郊列些皆立甲舊
是時寺中國兵衛敵雨摧崩宗親戶歸那繁花淩亂
依竹簫孫爐邊寞餘些飄山邑壬志年壬塔壓門
此身條設淳根華士女那歡得自由雖少字勝遊
思君杉盛衰寫的事如轉轂立更紅一朝同解細我

十二

閒窗漫感陪清（何）况兩園林（易）郭義由今視昔年

如斯自古之無據執答老人衣時多（書）坊壞去年

此地（在）頗改字但見摧殘流室靈何太云戰伐秋柜

封下今霄雨後宸區處古（殿跡）迹鉛華洗瓶垢送旁

花樹名已發殿上蒲字猶可相龍象聯時自古今

天人然惆悵知吾不忘初終世自亂我吾聯扪言在口

往事已空如過夢異時相見應回（首）頭指遂莫問

壬子年將離請似賀公孫丑

哀唐氏甥

飾綵綢朱阿姊前　赴霖病榻記淒涼　珠襦欲後嗒
猶視　玉雪懷中結可憐　已忍作傳餘世載　那堪情自關
重來六親近四傷　零落更悲當時為寂

夜醒

海氣入衾襟涼　初醒　夜來無行天弦月細到
枕角聲長世事甚難　空家風已撤忽得
聞振鄰病容易又朝陽

十三

園中偶行

韶眄花殘送春如桂

病餘將來怯衣單既以節序不寬三月將春晴愁
裏過一江微雨夏初寒憑翁網氣隨潮去靜眠
花殘春花看心之自然去不處此心何處遣人安

和陶遐年病中見贈

不見已云久偏於詩思生暮年甚力慰一醉襟懷相逢轉
識世見心迹倚才多詞待情岬嶸如何和應寄此
付詩

佛山道中口占

綠榕蔭裏晚風涼，芳草如茵正作場。釋甲執彩渾
不管，坐看伙伴采蒼莨。

小溪處處成浮港，平野蒙蒙是稻秧。何似桂舟蒼雲
裏，綠波香疊快斜陽。

天氣了如思入衲，來始行車行穩迴旋，他日工師
無識此人間句，恨林之子基。

端午書有感

蕤辰誰復記沅湘，又向天涯一舉觴。人事與來棋局換，賓筵盤飣荔枝香。龍舟羅綺心無競，虎穴弢弓意可傷。獨有兒時忘不得，懸蒲簪艾繞塗黃。

夢醒口占

夢裏還家也覺非，瞢騰又見遠人歸。兒童長大容顏改，庭宇（院）依稀鐙大微。舊犬近前猶戀戀，殘螢無焰故飛飛。長房縮地分明是，波瀾

海深空亦為

坐省長署之廳事有感

榕深榕老午陰清塵外風來雜市聲人語自喧
心自寂舊游回憶愴平生

戲答伍梯雲

萬樹陰濃果熟時水村風味耐使人思擇兵何必煩
杯酒準擬將官換荔枝

和夏劍丞見贈

我生苦内熱肝肺恒煎熬養內且釋外大維故安處世人敵
所習跬步殊甘苦不來知料歸和答相邪邪許徒為織兒利憑藉
作風雨吾聞先民訓欲獲謀於野物論不可欺仁義固難假
民品吁足畏善屬行為虜塚中枯骨耳不足煩夏楚篇
里視即通繼今略可覩子言吾敢忘他日當晤語

有感

千古從來習俊愚不勞勢迫与刑驅可憐橫目黃炎胄
喜怒紛紛盡衆狙

謝人餽夏茅柮　小於呂宋產香味過之

珍果非難致三年竟不知形真伴蘭粟香欲過離支
錦盒勞分貯荷囊想並攜誰云遊地異天与判華夷

安心

安[illegible]心何處藥無功留取（已判餘生）閒身作病翁種百本蕉
剛聽雨求三年艾更袪風推篷不用尋烏榜辟穀原
非訪赤松且欲商量新活計嬾將方略鬭秋蟲

七夕

三年最是今宵好銀漢雙星入座明何時六街鸞的炎換教人世思戚離情長年同保陽河心故遣佳期直到今首識塵緣難耐久始知交絕是恩深

七夕篇同朱乾本武作即次其韻

廣州最重七夕競修珠供縱人來觀余以僑游惟能卧看感靈匹之將離悟塵緣之難久因作此篇

銀漢秋清明迥練七夕夜人家盛歡讌盤飣年年競寶席珍妝鍼樓

處處來皆閨媛倭客今宵乾故情海南北風物夕舊知名不爲問道紅墻天

近遠依然倚朱陌路縱橫世人只道看天漢誰信塵寰更璀璨翠

葉珊枝盡作花璇璧當珠爲幔塞乞翻須笑女牛天錢一借箋

經秋亦無餘仍借人也長是傷離雁淚流徹雲不動中天靜

好向明河照雙影相望相思歲已彈此情此際總難併一筆志

事陽兩河情知來必歡娛勝別離離若教宴毅朝時朝見正恐君心漸漸

移多情只在能常別交甚終難期晚節即已聞張耳負陳

餘更使韓生傷蒯徹何限情傷失意人昔日豪華今賤貧

鵷鴻自有(覓致)雲中侶蛾蝨空愁地上匹一隔人天復何語玄霜豈憶
藍橋杵本來映刻會乖離何事當時相似女雙(隔河)星萬古只耕
桑冐持秋月易春陽擬持橋下支機石來作人間駐景方
秉乾大武寄示七夕篇依韵奉答
君不見孔顏著望吳門練視通萬里如(何異咫)庭讌又不見漢皇好色
重丹青一見明妃驚淑媛貴遠忽近常人情以耳為目世所名
已遣神仙有離別故教愁思各縱橫昭回自古稱雲漢(只)正是
繁星光燦燦詩人好異生遐心每到秋期寒露後慢此時凝想

對牽牛便有天孫來素秋良宵苦短不自惜翻向地上諛凡
流沈沈萬户香煙靜只与鄭家留倩影今名壽考古難兼
無柰癡人思合併人生聚散不前知偏爲仙家管別離寧知塵
緣更非久坐席未暖恩情移我昔將遊無輕別年年客裏逢
佳節夢殘緣空可柰何恥被阿環呼徹徹長是東西南北
人天錢不借未言貧停杯久不携紅友作傳還思衍素臣一
時時妙來相踪新詩清似秋空杵蜘蛛自巧鵲自工枉向
人間詫兒女病餘真擬覓長桑久視無忘數伯陽何當同

飲上池水洞見天人垣一方

七月十五夜月下聞歌有作用前韻

秋月懸光如素練客舍孤燈羅歡讌感舊還思海上琴懷
人自惜閨中暖舊時月色倍多情繞砌繁香不記名漏永不
辭金爐暗枕欹微覺玉釵橫涼露泠泠下霄漢月裏金荷葉
璀璨半璧生寒欲接杯小鬟卻立初垂幔天半微明見女牛月坐
中人已不勝秋情知良夜行將盡暗惜華年年去若流此時清坐伯仲桂小虎
思逾靜已更有孤光共人影閨房正燕喜兩心同兄弟聯翩二難併

長

無事歡情有月知誰知今夕照相(分)離南榮點點螢初入北斗
傍傍柄乍移月落真(還)如人情別只將不寐酬佳節無奈秋期
秋恨生那堪清夜清歌徹清歌牆外更誰人似訴人間有殘賀
已困對月思宜主乍可行歌憶買陸往日淒然曾有詩秋聲
最是闌砧杵誰料中庭弔影人復聽石室胡琴女一程
人去海生桑無復愁心夢岳陽猶有當時南海月引將離
恨向遐方
夜聞歌聲淒厲以詩記之

十九

急管繁絃雜梵聲，中人如夢又如醒。欲知此夜愁多少，試記（取）街前長短更。

誰云仙樂耳偏明，高飄得長宵夢不成。豪竹哀絲何足數，本來天上步虛聲。

次韵和鄧齋菌心示式

又是橙黃橘綠天，懷人誰致酒如泉。也知春夢非前度，閑（時）向秋風似往年。大隱金門情緒蕩，無端錦隱內芊眠。獨愁近日才情減，空對池塘憶惠連。

長是

憑君莫奏

有感疊前韵

視已夢夢況聞天此生分付與龍泉本知大道多歧路猶有

壯心非暮年南郭竽終逃獨聽北邙鐘久照長眠世間共

識秦非帝蹈海何人似魯連

詠史

辭輦當時意可憐豈知紈扇待秋捐恩情誰道（莫）今如故

排擯應嗟後似前金屋已非猶買賦玉簫何苦怨（羡）登仙侶

心又聽陽關曲朝雨輕塵訖（似去）往年

初聞蟬

棲風飲露本無營何事秋来獨費聲百轉千回自淒咽
被人呼作不平鳴

次韵夏五和穎齋孫惕園七夕篇

珠江夜色明如練茉〻莉香溫初罷遊不從海客問浮槎
又見共詞人賦靈媛也惜秋風不世情只教烏鵲貿才名世間巢
已從人占天上橋空向夕橫年〻此夕看河漢弦月光微星斗璨
闌干同倚更無人窗扇初開錯掩慢〻寒分明見女牛情知

涉夏又逾秋歡事早隨雲去盡華年年惟共水長流中庭
獨坐人聲靜只有明河來弔影夢冷香（魂）銷已自憐賞心
樂事知難併此情應（是）有夜臺知可似仙家暫別離三（生）年再
（世）見終相見一語矢心誓不移世人何限無家別今宵更是
愁時節年去年來事已多人歌人哭都將徹君亦
當時一恨人此懷難遣舊時貧賤糟糠（在）昔已侍賓敬縑素於
今應自主臣哀音如答秋蛩語寄心似聽經霜杜早識
人天異死生悔將恩愛徇兒女三宿浮屠已戀桑世途隨處

有迷陽惟應太上忘情者使有長生久視方

少年行叠前韵

弦弓如雪刀如練麾下秋情正張讌江山將得助雄豪歌筵何當醉揮援世中忽憶少年情燕市行歌舊有名朱絃絕後將三歎青眼人來始一横劫灰曾是積龍漢[illegible]下珊瑚光璨璨近馬征衫首簷圍褒龍若殘茱萸慢一任人呼作馬牛此時容易閱春秋自矜日下無雙譽自許雲中第一流北地風高秋氣靜天空正見盤雕影

暸鷹臺上望還呼怖鴿林中飛欲併蒼茫年華事
可知舊游惟見草離離無復探丸徑挾彈送嗟物換星
移老來心已無分別我年年苦還持節閑置車中悵
景宗徘徊海上階螢徹翠杯空屬舊時人多病非關
為酒貪蝸角從來鬭蠻觴[觸]蜂房時復鬭君臣花塔
銓虛久無語問禪誰是金剛杵不將劍術試袁公乍可舟
成飛姹女頭白原知海易桑當時一顧感孫陽傾城傾
國知難再誰信[道]佳人在北方

惕園和詩次均奉答

官奴筆之書裙練付与羊家作訣（结）迹祇傳筆法不傳心

學書必從蓋大家媛從東海上始移情日月相師半嗷名古

人也与不傳遊世上書摹擬徒縱橫有明七子尊秦漢才調高

時多璀璨衣冠善被後人嘲道似蜀靈居錦幔古今懸絕（恩）馬

牛圖何人下筆窮千秋自從湘綺聲稱後始識聖智非常

流齋果深華貴玄靜學者真如鏡取影襟期直与昔賢

齊古意今情一時併後生濡染不自知貌合徒是形神離

出如還珠空買櫝吏胥傳奉同行文移而來詩家有流
別禰宗祧唐期合節首識凡人心理同常如食蜜中邊
徹我亦東塗西抹人年來此腹數長身誰隱已自噲等
伍敢望見過還疏良多君名藉皆後語龍肩攜袂三千
軒才高志下心持虚開戶敵人忌露女師田吾久慕柴桑
坐井誰能數子陽莫笑平生洴澼絖願君買作百金方
齒落
動搖亦已久今日始相離戀戀終何益遲遲故可思支撐撐力盡

決絶豈人為（正）有長年〻感秋風木葉落時

北郊口占

城、平基巳夷為路冢發棺還（猶）植作牆風定日高塵

不起嶺南最好是秋光

寶漢茶寮

馬廿四娘留地旁張之洞吳士澂曾此一停驂（車）於今片石無

尋處剩有茶寮坐久如

海珠

宋李忠簡祠在焉甚好宅云

此地頻年閱盛衰銅人無語暮看潮迴木綿如蓋文
溪宅惟有當時夕照來

題宋拓石鼓文　張簡盦師題箋

神洲貞石誰先此剝蝕今餘陋字存研憶摩挲斜
日裏朱欄寂寞大成門

儀徵精本摹天一甲秀遺文證海鹽何似今
朝看宋拓眼明猶認舊題箋

為沈演公題錦禪和尚畫　和尚剛太公君作畫

鋳师使筆不使毫削木如杙如錐刀偶(興來)於舊臂
作書畫绡素凛〻生寒濤雖與似者石田子我者晋
冒能解此扶桑東绡蔦鶩濱枉(不數)使南人譏倒理(紙)千
尺意匠〻筆間虬枝老樹低垂欄何人有此壓外興鳥
少東擕素看山出而思隱〻思出可憐畫隨狙公術知
㽞師此畫非無意含悲(寄懷)應亦捺(時)懷濱公瀟灑非官人
見契合如有神疾奔携歸置道意壁坐對幾欲忘
南國嗟我非儒亦非釋幾年行脚無暖席便欲從

應頓

所入此山期君許作山中客

河南閱武遂游潋珠岡是漢議郎楊孚故宅（遊）

冬蒐順時令肄武非觀兵一渡珠江南已覺吾眼明肅〻

卒伍撊慨焉懷老彭教戰實知恥好謀將有成詰戎隆

功覽古方有行言尋潋珠岡始識楊孚名高墓起阮傳特

立殊崢嶸蒼然一望閒已見浮雲平墓前道人家古樹石上生居

者龐須眉結束如山精背言老侏儒傳會使人驚一笑出門去

正喜秋天晴斜日依朱甍行〻木本園畫〻霜後橙菘游豈不樂所貴知〻物（觀）

廬

城郭

情文武有張弛知余非自營

登白雲山下至能仁寺作

城居使人疲恒思郭外山至日得休暇曠然心意閒招携
二三子徒步披荊菅奕方冬亦春卉木何斕斑磴道雖盤紆喘
息愁衰羸精藍祀留侯乃作爐（術士）閈觀緬想鄭安期一夕超
塵寰尘合世上人導（耶）引澗朱顏去去歷澗谷瀝泉尚潺湲仰
瞻摩星嶺欲陟愁追攀俯視能仁寺萬瓦隱禪關海門
列諸峯一一呈髻鬟樓觀浩無（垠）形安能辨市闤崇高雄

未嬌已識南州寬呼風坐盤陀浴日散痾瘝枕椰寶垂想

珠栟櫚葉亞欄扣門得閑參坐話昔陰鄰媼知出世人未得

忘憂患出處識異趣欣戚仍一班擇予挈自行還我

塵壒閒

題小歐泉男生墓志 碑新出土

瑯琊王与襄陽米父子書名各後先絕藝不須傳口耳

孤兒神悟故超技 大令蘭亭皆早孤

書工不在擇紙筆中令當時數弗如犀管兔毫徒

自昔父書終是勝兒書 道州云小歐逼其父證以我與論者謂孫不然

妙墨千年零落盡世人惟識道因碑誰知陵谷遷崩騫

後又覩蘭臺第二奇

偶成

廣場列座肅無聲歡憶壬、翁笑兩情互見共聞昨

日事更誰能還識舊書生 此庚戌年事

蕭詩蓀六十生日

少年同學今餘幾千里相望白髮新連道隱居應 自惜妙

已知陸弟筆

高都講故無倫閒思身世誰知已晚向山林作散人且莫競誇陳
難老頌穎濱詩筆本如神

題徐健實射陽石門畫像

往事成塵鬢已蒼唯餘結習尚難忘行齋翠墨知多少
三萬真須貴射陽

石門薶没餘千載賴有江都別鮮封享盡人間碑版
福應知原不讓王公羽　蒲褐掌溪

戲贈儀羅斯人歸國

别時常比會時多異地相逢一瞬過惟有當頭南海月

送君真到木斯科

羅岡看梅至則花盡々落矣卒然有作

花好常易零々落當及盛時吾行久不決故嘗嘆來遲今晴[暄]人意欣誰知花所悲羅岡十里梅一夕皆離披萬樹如叢鐵殊望空時獨平生經歲寒々乃為寒風移寧非冰雪心恥作桃李姿豈無數株存孤立神已瘦未綠尒何意睥々華其枝非時悠姚冶徒令識者嗤荔子宜時種閱世多瑰奇嶔々橡櫚林枝幹如蟠螭卉木

豈不偉哉非吾所期崇岡有高樓俯視萬町畦有懷拖水老

世往餘題詩稭極如種桑語妙識非欺萬姓安其生豈為遊觀

資（昔人東）來遊百年（來）又一〃如風馳看花〃何樂花下生嗟咨不如不見花留為（他）

長日思吾輩（遊）來未為失此意誰當知

題蔡鉅獻五十象

百戰歸來鬢已霜中〃年歲月去堂〃他時〃君畫凌煙閣穩

笑我今未老蒼

西江道中

水急舟輕夜色微浪花如雪故霏霏萬山赭畫西江道
載得蒼梧好月歸

題齋山人潑墨畫

不見山人已十年惜山吟興尚依然畫圖潑作承平語故國
今成潑墨天

和桂南屏登越王臺韻

木綿花下越王臺卅載登臨今又來破碎河山兵始定睢盱
龍象劫餘灰眉端日麗天容大眼底雲生海色開舜寞

當時絃誦地幾人還記舊歐梅

生日戲作

行年五十未爲老衰退常思與世辭瘦圃勝肥是自喜生

何如死已雖知拋除棄裹纏龜事佇待鐘鳴漏盡時聊且

可支持觀大造此身新撥五禽師

題梁大同十年陳寶齋造象拓本 有鄭之錙考釋

北派意多南派少儀徵此論未爲公江東自有真王在片石

端須數大同

吳郡蘇州有淺先重修題記證唐賢於今鶴去無消息誰與重徵天祐年

題蕭民為仲輝書册子

蕭民吾老友相見憶當時卅載真流電頻年隔酒卮未顏今白髮碧浪久黃泥舊事那堪說推癡子弟知兒童皆老大何怪各成翁且喜重逢日還聯五嶺東眼花斷細字心畫想中鋒藏弄非無意追摹冀汝同

弟九首

方欣

莫教

丙寅元日

四年頻看嶺南春老至常嗟負此身敢詡軍容成節制

即論詩句愧清新觀生自覺心無累攬古欣瞻德有鄰元令

日使當齋努力不令歲月去逡巡

有感示精衛

爆竹連宵花滿城路人相慶說昇平幾經漲膽摧心

事博得銜歌卷舞聲早識江陵甘草薦不妨蒙叟笑

犧牲三年辛苦看今日感往懷賢淚欲傾

題覆本太清樓帖

淳化劝〻鐫棗木侍書鶻突嗟無目銜題先已誤張〻筆楷字居然署程邈既認陽冰作李斯又將智永羼羲之處分明短安足責子敬那得元張遷

淳化題銜多誤張華作章草相其也知汝殊總帖處字為木可畢字誠被〻分羼智永帖於大王書中大觀皆已改正唯程邈書作後世楷字以少温篆公功從頭字為李斯書又張芝帖有冠字都陽氏兵諸帖審子敬書定别皆大觀所未正者

道君辞由盤思陵正大出秘藏資改證貞珉重勒太清樓絳淳舊帖殘僅孟國破樓空不可移榷場渡漂紹興時內府訪購同宗懸秘殿內藏記寶思

膺思殿印 高宗御筆

閣禧招本柔雖上帖字鏡磨

詩全亮鳳墅搜尋竟未知 權璿本庚亮〻父字避元海陵諱廣古 曾宏父石刻鋪叙成於淳祐中亦云 大觀論於鳳墅不可復得知開禧 以後所有權璿本也

象先下得詩神王 汪家先藏本一 至本四卷

後來真本幾人收五卷曾居王弇州公瓛題識百數 弇州兒本及周

跋已嗟全本今難求 王弇州藏本二四五六十凡五卷 王士琳王穉登跋 汪家先本皆云全本跋語

蘇齋老人眼如電十冊嘗從都南見晚年始悟說

曾跋假校山定真贋 翠陰云在粵曾見之十冊本後乃知為寶晉 曾借一舊拓作人冊其為帖存十卷以備大觀 廿年一丑二秋今又刻以 福林山陰王先印證之

石旁細字刻工名辨其旁跋辨修竹筆訛

知擅長記勒本葉郎〻何嗟尤精 原石帖遺小字刻石工姓名 翠陰篤勒本一一存其名

辨真之旁及文徐恬志记

米芾家中鹡鸰帖，何由得入宣 宣復云鹡鸰帖不佳帖

然知揚州翻本也之

和牌明人好了從足帖翻，家破管家尋間隙

宋老所藏無由刻於大觀，今拓本于王蒙翻之，大觀第二卷

未有之乃經寶晉齋，又載于寶晉齋帖

晉觀也物久塵埋 寶晉

以藏本六卷名

其查為本跋 靜娛室本是風埃 李君閱藏本二卷又三卷今已出

閔物退谷 孫退谷本帖 王儼齋

章熟叶後思觀齋 孫文端得大觀帖 本名思齋日觀齋 華亭舊

慶之章熟 我今生又為年後錦軸瑤箋白雪書眼以

董記

之此本祥雲散，隨人去不還 此本為偶平生後跋云 去丁者老祥雲之誤 濮陽

是本何得伯蓀 陳伯蓀藏濮陽張模園十冊本 穩繻漠漫羽

平生之為寶晉齋帖

毋用何當更覓全佚本（近岩記玉龍堂佚本，蕭字均全佚也）併入此物傳帖鏡中（前后拙鏡，今新本）（此本第二卷之去未有後石佳帖，而五卷之後惠絲帖，照例分數本以實假本也）

為褚民誼題張靜江書軸

南北紛紛騰口辯，誰識書家原一貫。雲陽未必祧山陰，華家墨池功自見。納碑於帖誰能貫，多君此軸來眼前。湖州書學自有槎頭憶，吳興貝義淵。

題屠寶存夫婦書畫

鷗波題字仲姬畫，都在新春尺幅間。付與世人增艷羨，小橋深

樹是家山

賀謝絜摩新婚

嶺南二月已春深穠李夭桃衣滿林嘉礼舊聞將百兩良宵真是值千金好同公瑾雄姿在已有東萊博議心畫日畫眉何足异要須攜手問南琛

題畫鳥嘴

誰能見鳥嘴從容寫其形獨有山中人靜以闚萬壹明月在哀草雄聲振窗櫺殺機相感日無窮好怪隱符經世

豈非殺搏樂於博香此門已備詩於戲宗之未安 心悦

平生

人畏猶鷙鳥，偶見翻自矜。傳寫誇同儕，挂壁寒風腥。始知未法世，所貴惟憑陵。爪牙苟云利，讋服信可能。太息觀斯圖，騏驥(宜無)非所稱。

上巳有憶

是想都成夢，無情始欲愁。人天一胡蝶，生死萬蜉蝣。仙鬚知難老，塵勞汔少休。卅年彈指過，誰憶百花洲。

題瓶齋為李特生書之扇

老懶端宜絕世情，泊然無慮亦無營。春來忽憶長沙路，腸

斷當年手種櫻

舊游回憶都成惜往事重逢始欲愁惟有春風渾不管年年吹上最高樓

人間箏笛嬾能聽自愛微風語塔鈴懺盡塵心除口業一春長覺夢如猶醒

安吳矜重小真書比似諸城總不如冒向祝枝山文衡山爭媚好自尋山翠問麻姑

第五名魔勝縣騎子覓書本遜誠懸故人好是能珍惜不共

飛花入綺筵

食荔枝

老識身慵已不支神洲長是歛眉時春光去盡人徒老

又向珠江閱荔枝

題陳樹人寒綠芳草

身行萬里如庭戶處處青山合有詩解識太空歸燕意

長風落葉是吾師 皆所譯西人詩

謀國從來不為身偶將游眺慰艱辛參中多少憂時

渡肎向天南作畫人

聞道園林畫不如每從詩的想幽居未絳正好花時節遅我同来聽鷓鴣　鷓鴣聲裏木棉紅巻中句也

夜雷雨有感

坐雨宵分意已夜小樓欹枕聽奔雷寒深頓惜三蟄殼節促真同萬馬來頽怪洶洶欲崩壁何當草草更傳杯天心未測常如此一笑能教百慮開

送李仲公歸黔

相見誰知鬓髮斑十年回憶一摧顏幾人歧路成長往此日歸雲自獨還稷下已輕齊衍頭垂頸重見漢河山西南父老方延佇好語征車莫等閒

為人題西樵山圖

少為南海客夢想西樵山薛荔三十載靈境無由攀雅守風景佳七二羅煙紫衣飛朵虹掛空石洞雲爲開名家高有餘慕延沮溺所患君游已云屢山靈識嶽顏是兩意未厭寫圖記彎環丹青一披拂矇矇若巖壑還

雲泉与珠巖一一幽且娴始知分别心不在有無閒身經歎非細目想元不悭人生快意前事過亦等閒君往我不借所待皆仍一一跪披圖呈俯仰何必窮探管吾今願已償展曲安廬家轉笑山中人游目多險艱

端午感舊

雨過風和暑氣清雲陰日薄夏涼生萬人填咽於徵往節卅四紀載流連感故情虒遊嫩同飄變畫龍舟喧共尊海潮聲去年荔子今還熟又向嶺筵進一觥

自題畫冊

淺草寒原事已非長時踡伏亦何為攖身起作騰拏勢知有驚鷹去若飛

樓望

大道軿車去不塵綠陰如沐晚涼新自憐無復馳驅意獨倚危闌數過人

市樓漫題用前韵

馳道車聲去絕塵高樓風送晚涼新此心已與

冰同淨不向闌前閱市人

白鶴洞口占

年來真覺世緣空獨有清游興不慵小艇如車馳道裏晚潮輕趁荔枝風

好境不須求物外近郊翻幸容誅茅本來白鶴無尋處合有鳩來占鵲巢

園林幽翳真宜夏冰碗藤牀薜荔簾怪底主人還避暑可知人意正難厭

百般花樹各芳馨接葉搓枝匝地青萬里移來三十載誰知異域即郊坰

協律程歌謝不知燈前兒女語侏儷無端觸我懷人感中酒長沙夜坐時

小市提攜自買將漿園蔬泥滾舞衣裳莫將作苦憐胡女多少王孫泣路旁

夏屋連雲坐讀書偶因休暇得相於廣庭風扶徹涼過絶憶披襟碧浪湖

林中歸路月空明布地真如荇藻橫何必大城誇鼓吹晚風來相送萬蟬聲

寄汪季章

憂世真成癌離群豈為身山起同九仞弩自惜千鈞藥裹行知屏詩囊句已新獨憐覘國者失喜在斯人

別後語難竟書來憶轉深永懷梁孟契能識藺廉心去住元無定劇夢感不任雙飛知好在應念故巢林

喜舍弟至

别来無日不相思失喜相逢有此期五載違離同昨梦
一家歡聚又見時新裁小髻冠椰子舊事能言啖荔枝
轉海端應是奇事可憐披薙未曾知

題澹歸和尚诗卷

空门獨恨世缘侵三字寃家感不禁何事長年記
吟詠低徊難識澹歸心　有言今道兄三字出即是寃家澹歸詩
虞淵落日誰能挽苦海回頭即是家惟有天然知此

意君早從乘世脫烏紗（天然和尚曾挈華濤歸師也）

七夕

年年孤負此秋光，閑俗何曾薄異鄉。記取客中今夕好，燈前兒女笑成行。

人間自有金龜壻，不似天孫（牛郎）負聘錢。處處朱門人鵲立，不看乞巧看辭仙。（粵俗女嫁歸者曰辭仙）

廖仲愷墓下作

秋風吹我前，舉步增憐傷。俯仰一星終（沈），餘哀未能忘。

春懷墓中人炯炯猶相望志決身已殉事往行弥彰烈士輕死生國論始傍徨培風折其翼決起空飛搶平生觀古今賢哲亦尋常不因覯殄瘁豈數人云亡精誠雖若存神識疇能量徒令後死人感激申悲涼潸然亦何益生民猶未康終懸蕩無從匪勉崇周行

七月望日有作

月滿秋清似往年又看兒女拜尊前魂歸冥漠誠知否老去心情轉灑然隙影已嗟來日少風花猶是

昔時姸轉輪萬劫終相見何用微塵戀一天

喜黎錄菴至題所持瓶齋畫扇

錄菴与我別三年忽復轉徙來眼前少年兄弟今有幾舊日去髮成霜顛巔難相從事非一崙峯山蘇嶺餘淒漣即今鼙鼓喧湘天誰能寒餓棲青壇挺然高蹈駭流俗我寶此意真瑚璉珠江秋清月正弦竊她烹鶴矜芳鮮不如飽説兒時味此心未醉先陶然君家卅氏躬抱道頭童齒豁猶鑽研相逢未識之何日遂衍散盡存詩編碧湖舊游那忍

憶荷池老柳生秋煙盡籍行館仍一橋且可似昔同高眠世人紛紛事拯薄豈悟金石長精堅秋風入戶涼生肩怪君有錢不肯捐乃知上有吾弟畫荒江蘆葦浮空船此曾狻拾自年少解緗熟(吾)似古平妍打油釘鉸(故不免)吾所事知君嘗

憶試院中秋篇

聞武昌收復

十五年中如轉轂又聽江漢凱歌新當時事已隨緣盡此日天真送喜頻喋血千軍魂自厲騰歡萬

口氣初申艱難回憶成悲喜正有遺黎淚滿巾

題唐六如落花詩意圖　畫桃林一老人拄杖落紅滿地

幾日春光不自持繁英去盡只空枝嫣紅姹紫終何處獨對東風憶舊時

春來歲歲應如故花落年年似不同老去心情誰解得桃林攜杖覓殘紅

題錦禪畫冊

四載曾無半晌閒此來真負粵中山憑君為點丹青筆

鐘鼓巖

昔日烽烟意未平今來巖壑笑相迎世間成敗殊於成輸與山人總不驚

過大庾嶺

輿尸雖說血盈車殘卒當關事可嗟碌碌因人真自愧又來嶺上賦梅花

久雨剛成一日晴山靈真欲送人行花開花落尋

常見敗民頽垣已戢兵

南康道中

弃甲于思竟渡来南康爆竹尚如雷舊人設立新人笑誰為當時送一哀

此四詩在光孝寺前

入夢煙雲取次看

贛州光孝寺

度嶺今方識梵天德雲前世記因緣瓊花未放欝孤
把來試禪師卓錫泉

紀夢

八年縱盡舊征衣絕國書來是也非姑婦停針同不語一
時垂聽望兒歸

雪後發海會寺

幾年不見雪重逢如故人五老不我知頭白深入雲羣山各蒼領長瞻同丘墳平湖若大漠遠上天無垠悲風從北來萬松為之嗔寒泉獨無與瀉石翻粼粼二老僧為我言恭雪固有因一洗卉木羞始得游賞真感應非所知恐煩勒移文

廬山雜詩

飛車迴遛便長征頗悵求前後卻行依約卅年前過處祗星徽月九江城 晚至九江途中車卻行若數

蘇黃朱陸不到處涌現樓臺忽此山無數峯尖雲海裏豈知培

過舊蕭署有感

三十二年棲泊地又攜孫夢一來過長廊輿轎情如昨斷壁殘題字已訛舊事逢人攤獨語深杯

未辭且徹酡朱顏我日鬢頭白壯已蹉跎老奈何

搖在人間 牯嶺

懸崖直下三千級磴道迴旋九十盤回首下方雲似絮始知人海正湯湯 含鄱嶺下栖賢寺

香爐五老雲封盡且向廬山平處行游客覺誇三峽澗更無人問宋題名 三峽橋下多宋題名

居在絮中行登上匡廬面目有無間雲蒸霧合黃龍寺誰見洪荒裸體山 或問廬山古迹答黃龍寺前裸體山最古

杉身松葉娑羅樹三百年前四十圍古寺興亡何足記低枝曾拂

遠公衣（娑羅樹昔僧曇詵植舊志在大林寺今近黃龍袁中郎詩錢蘇銅膚四十圍）

海會寺前松万樹，衹憐不是昔時栽。湖光在檻山光備，何處童尋

太白臺（寺廢有詩云是太白讀書臺舊地　寺背五老面鄱陽）

南行與雪五年別，失喜相逢五老前。門外萬松噤不語，孤鐙

殘血對經箋（智超上人血寫華嚴在海會寺）

當時書院無完宇，新種松株長舊園。誰信樹人翰樹木，兩廊

林立教思碑（白鹿書院碑多諸生頌院長語　今為碑林）

畫象成都有遺則，誰教禮殿作金身。晦翁苦說開元禮，翰與

張琴作解人白鹿洞孔廟皆塑象朱子曾有論古今坐不同与諸生書

萬杉古畫孤樟在已作康乾後輩論若見歸宗門外樹故應相喚是兒孫万杉五爪樟最有名然不如歸宗之古康乾人詩無及之者

万金逆勝書堂地石磴蒼然閱歷興黄倡王題誰護惜又看徐岱繼徐凝開先寺李中丞讀書臺有山谷書七佛偈及陽明紀功題名與左方為徐岱磨以刻詩

漱玉亭空餘斷礎白龍嬰瀑入雲深奇觀自是山靈閟未必飛流有古今康有為題云三至觀瀑三日以心

寺門無復沒生松象教淩夷大法窮須悟本來除不盡此存

真似曉聞鐘 歸宗寺

溫泉歲沸野田裏醉石陂陀荒澗中（瀼）果里紫朵无處所雲開

稍喜見金輪 至溫泉見金輪即塔

山南積氣雲成海山北凝寒雪作冰只赤使能殊氣候問誰

人上冢高層 合鄱口

雪晴真得識廬山五老香爐指點閒龕畫樓臺何足道嶢巘

高處一開顏 大月山是廬山最高處

天池殘墖淩虛立頗憶雷峯夕照佳誰似陽明了生死文殊

綸然

獨立

臺下舍身崖 捨身崖是陽明曾到處

碑斷文殘蓮社空橋平亭圮雨溪封惟餘孤冢天池塔獨立蒼崖祀遠公 遠公塔在東西林間

三百年前千佛塔傍題曾勒竟陵書於今善信誰知此殘篆〻塵羅香積廚 千佛塔傍譚友夏書 余所之廚下

殘磚壞礎太平宮曾有游蹤說放翁衆口浪傳婆媳塔兒工誰記舊樓鐘 太平宮婆媳塔即放翁所記之鐘樓

曇說手植西來種千古人矜寶樹奇誰識道旁婆榦在崧

陰如幄護虬枝去觀音橋五里道旁二樹參天蔽日土人云亦寶樹也　黃龍寺寶樹晉僧曇詵手植云西方種　此首在歸宗寺後

和汪九見贈

多生多欲自多艱五載才能一晌閒年鬢已驚斑漸白世情常看碧成殷故人相望長江水好句携来大月山一笑与君同自壽不須靈藥駐衰顏

丙寅小寒逸跋日龍彼慈拜讀

丙寅秋八月黎承福讀竟謹識

卅年前讀 君弱冠時制科文光燄熊熊壓倒時彥旋聞尊公文勤公言 君九歲時即嘗於卧内篝鐙讀通鑑根柢可知矣今讀非菴詩草含綵遒逸而吐屬沛極芬芳悱惻之情證以 君之施於戚故者至性過人殊非世俗悠悠所能淺測散原謂聲趣闇含秀密豈非遇之相迫而致哉 炳直謹注 戊辰端午

抒寫襟抱出以自然迴翔古今意態自廣建安五言直造巔達施之近體異轍同歸　大詩蓋深得此訣

敬觀讀記謹注

昔人論詩頌語有澀字乃見心長味遠
蓋印匣劍帳鐙之妙也　小菴詩之
是凡四讀實奇新穎鄉借竊訂此集
猶蕭諧意常有餘聲情隱結語在言外而㥲
筆所到天地悠悠然涕下　虞淺云或鄉或今古
莊其術而懷素傳而往往囊括於其間此所以好
奇博貴者不能忘也乃於小菴序之

戊辰四月
倦知讀敘

二

蘊義深微，抒情縣邈，其有意無意間，雖若亂頭麤服，而老味溢出，風軌不墜，又律或近元裕之，殆心聲趣闇合耳。二三立讀

看似尋常而自有一種旁薄噴溢不可一世之概，讀君詩者可以知君之為人。閩西謝霦謹注

非翁詩稿

非菴詩草

丁卯元旦

人生閱世成新歲，樂事今朝有舊風。四十九年無是處，故應題號作非翁。

座上狐貉暖欲熏，愧無喜氣到三軍。惟餘一事誇同輩，袖底攜來五色雲。

卅年猶識舊南昌，舊日兒童鬢欲霜。且為他年留故實，自書春帖付諸郎。

次韻袁大見懷

師行義車鄰民歸歌洞酌愷悌君子心慷慨從軍樂伊余託周行稟征懇附鄙願勉事舟車道遙指城郭功同千腋狐智等一邱貉徵聞憂櫰棟顏復喧囂雜黎民懼非常聖神自述作大同方來事徵言亮有託天行貴自行風利固不泊偶然游白鹿使歌渡黃鶴豈無流言懼尚恐移文讓夫君盛文史大材非濩落膚碩寫自安習畫花不著賞胡何足較如鼎象不若至人

齊物我泯然同善惡膚奴平自數詒牒東高閣吾
閒來法世分崩如朽索爍然冰向陽春暑若風解籜
君其幸少安毋爲久自縛

次韵汪四見寄

柏酒今已陳柘漿聊可酌開緘得新詩失喜非獨
樂憶我識吾子韡韡棠棣鄂枝分同紀羣相攜撕
李郭玉樹比蒹葭縕袍儕狐貉常輕棘刺猴
頗訝珠彈雀高才信不偶美疢亦時作未遑府中趨

姑爲廡下託五載數暌離幾革歲飄泊沈冥北來鴻諾
蕩南飛鶴忽聞起沈痾時復添歡謔清游馳道永好
向庭花落槑裏不因心擾羅（去）應例著閑此舞傞傞何殊
優善善身前且歡娛境過何羨悲即如黃歇浦豈羨
滕王閣弃年不足嗟旨酒仍當索蟠鳳已成珠竹龍
行解釋願求效睫安毋令蠶繭縛

次韻袁大自壽

自斷此生殊草草敢言吾意欲云云驚心去日今猶昔

屈指卅年我与君，舊事黄粱炊作夢，新詩白戰
士如雲。何當相見一相笑，來看䒿復菴自宅文
和裴大見寄前韵
騷騷向老真何有，碌碌因人亶足云。且喜殘年攜
楚客，又從飛雪訪匡君。座中誰識何無忌，筆下
還思荀子雲。選勝已甦腰腳健，敢磨崖待雄文
和大哉元日寄懷，即以爲壽
隨地於今閱五丁，年年長醉歲朝醽。偶迴棋劫依

危局無憑極書塘過庭月數山河仍破碎春來消息

故地冥已持越釀為君壽知向殘梅倒一瓢

過舊居　二十年前舊居也

小極偶然思舊事孤行何處意倚樓廬房中久閱離

鸞奏庭事新為旅馬除引眼樓臺非故有冥識

佩想來初天台再至真迷路為問胡麻舊也無

夜行

靜夜踏微月人家睡夢中遠邀聲寒犬急列炬暝

鴉空悄悄憂何極行行步已慵自憐如漏盡猶未歎途窮

狀山出示遯齋長句因寄

問訊楊夫子春來好著書頭顱應自惜甘旨近何如

竹葉陳年酒黃花舊貢魚閒行知有憶試過廣和居

狀子能為客相逢洗馬池攢眉談舊事探手出新詩

海內為長句塵中獨我知何時一斟酌湯餅碧如絲

夢中作

缺月猶能穿牖入好花何意傍階開水深浪闊無

渡漏盡宵沈客欲行咄咄書成多怪事偶偶舞羅墻

餘生酒闌無復人間語始覺眉痕近不平

題馬守貞畫蘭竹

題有兩處程眠饒裏餘眉語又云待以桃

神道錢

酒邊昔昔都如夢鏡裏匆匆便作塵掩袖侍兒知有

恨可憐誰是賞心人

秀氣靈襟故瀟然叢蘭修竹不勝妍傷心何處

婆娑館廢苑秋蕪託滿田

与陳棣松話舊事
白鬢黃髮君真老猶憶相從上學時同業同名存
蓋寡故家如客散誰知挑檐試馬慈所手舊壘
新阡只費辭三十五年心力盡不堪榮畔一尋思
和黎薇生蕭園宴集詩韵
十載重相見依然笑口開好詩因酒得多病識年
衰舊夢嗟新覺同岑感異苔不須愁齒豁舌本自甘回
橘隱招携處相看異昔年鵲巢忘物巧犀角喜兒
五

賢斷髮能借俗安心莫問天此情懷永憶未醉亦陶然

端午口占

幾年嶺外過端午誰料江天對羣觴碌碌因人有今日遲遲中道感周行一身多役忘家食萬骨成功帝國殤佳節不堪歡事少捷書行報入遼陽

食鰣

夏水鮮鰣一尺鱗裹蒸荷葉縷痕新世間最是天然美莫向官厨問八珍

信陽

侵曉風微夜氣涼車行搖夢与蒼茫却憐瘦馬雞聲裏廿五年前發信陽

確山道中

青山盡處是中原莽莽神州氣已吞官道轍平車過少大田麥刈穗仍繁劫餘佛寺如相吊作善農家未覺尊天遣塵沙限南北素衣緇盡欲無言

鄭州有感

當時二老相逢處（辛巳冬先公与左文襄會於此）長記吾猶襁褓中文武衣冠朝市改川原形勝古今同班荊道故情何異歃血加盟計已窮四十七年如俯仰黄流應笑太匆匆

偶成

古調於今更孰彈攢眉始信入時難畏人久厭容投刺傳食常如僧挂單偶有豪情緣醇酒每因渴睡得偷安沈思世味有何似祇是鮎魚上竹竿

題廬山詩卷後

我自小住未為多，霧裏看山可奈何。長恐山靈誚生客，不題詩句在巖阿。

五月十六日有感

往事驚心已十年，又回殘淚向燈前。也教兒女營齋奠，可有知聞到九泉。

張子武挽詩

一別真投筆，三年負枕戈。有書常不達，無命欲如

何生死交情見孤寒涕淚多裹尸餘馬革悽惻絕向江沱
辛苦依人計艱危烈士風前知傷郭隗從事異臧洪未必
謀身拙仍憐狥友忠縱橫湖海氣今日竟途窮
少年曾並轡中道各揚鑣鷹隼飛常厲驊騮意
苦驕多才成負負同好已寥寥頭白誰相慰羈魂不可招
夙昔誰知己平生誤感恩家推瓢粟在篋有謗書存志
事兼儒墨思心託夢魂寬親同一盡慟哭更何言
題中山先生遺像片

至人滅度微言絕誰合丁寧說法心慚愧當時曾受記
聞遲習慣到於今
大地重聞獅子吼清音何異萬雷霆轉輪歷劫應長
在此是中華遺教結
喜俞三至
五年曾二期相見千里遙遙冒雪來往事夢空
香憶好故人魂斷一生衣時了武新遊袪突無計能捐扇排
日為歡是舉杯咫尺遠廬不攜手轉令去住兩徘徊

送呂大年之美洲

少年自奮凌雲氣，喜汝今為萬里行。大海風濤助飛動，異邦人物見菁英。食貧莫忘時多難，愛日應知聖有情。我亦衰樗思遠邁，會須來看早成名。

七月十五夜月

年年今夕坐秋清，惟有孤心共月明。暑氣闌珊成弩末，晚風依約送琴聲。壞人不為情難遣，無老方知感易生。白髮自生霜自減，玉蟾何處有虧盈。

蔡六題詩至詩卷後次韻謝之

卅年飄忽百無成愧對兒時好弟兄惟有說詩長不厭解頤今喜見匡衡

荷池東路西頭屋長憶裁箋選韻時影事盡同塵劫去孤懷猶得故人知

啟迪東坡海外詩苦吟無復夢魂知重勞點筆徵前事落葉衣蟬又此時

秋林覓句記申江更向琴園答暮鶯舊學已隨

年事減多君邃密与商量

黎六復和前韵感舊抒情叠韵奉答

早歲吾猶及老成已聞交口頌黎兄過江子弟推仁祖

入洛才名想士衡

梨園那管停驂候柳殿旌旗獻賦時隔世兒童今

老大庭聞無復舊人知

湘中留别有新詩陳季师李梅菴交親衆口知誰料山陽鄰

笛在雲閑落日墙闭時
実兆

鉛婕遐飛向錦江幾回春燕与秋螢詩筒讖遂成娑

绝如此君手不可量

游子歸來宦已成趨庭多乐弟侄兄兩家各喜悉

顏樂老屋三間記望衡

屢聲犀鑽石齋名久倩影郵箋到習時枉費鰻魚

三日大月鉛錄裏覓新知

偶知門存集裏詩陸離攜得散原知愛楚最

是藝生好詩骨待皮劉禱時

師友同時數前行讀書聲長留答寶好出何如地上先生好華地塵心甚考量

夢影春痕取次成一時戲謔共諸兄大兒林四小孫大始信人來弄禰衡

碧浪湖邊銷夏處吳娘宅裏夢秋時兩人不飲能逃席屋底酒縱知未知

龍蟄煙開九日詩座中通隱風相知於今夢晚亭前路無復登高載酒時

布帆千里下淞江九月同聽獨夜蛩上壽升堂曾幾日
祇餘今後百思量
詩卷雖成還未成黃冠幾輩各相見髯曾胖李髯
常見欲把龍雷弦論衡
白門、殘臘星奔日素幔中秋雨泣時君哭難兄吾哭
弟天涯滿淚兩心知
白華曾共補笙詩風樹人間慘不知從此孤兒雙血
淚雞鳴問寢更無時

客舍相望共一江微吟猶得應嗁螿不辭老去温殘夢一一憑君細審量

重至廬山

山氣無風也自涼連岡草樹静蒼蒼路人只許非生客誰識東鴻異舊行

秦淮夜泛

垂柳依依拂畫橈最無人處最清邃遥來枉説秦淮好秖認清溪長板橋

重橋畫處轉荒涼舟過微聞野草香風景依然秋
夜永更從何處覓興亡
無數名園已作塵同游空憶舊時人可憐剎涉橋邊
水猶認涼秋作似好春
一江綰官靜無聲燈火人家半不明多謝隔江寫
倩師居（偶）然能令酒徒驚
歸來
歸來事事都依舊惟覺奔年去不還襁褓諸嬰

十二

頭已非階除覺宰髮鬢成斑明知俯仰過千劫稍喜浮生得半閒猶有巡簷微笑在孤桐叢桂各展顏

題黃克強手札

帝子龍驤跡已陳相從猶有舊時人遺牋數紙勤將護留取他年話苦辛

境過始知時易失人亡方惜世多才低徊十六年間事祇與書生作史材

謝龍八致中泠泉

吾聞昔時衛公具精鑒入口江流別真贋又聞陸羽嘗盡天下泉第一只讓中泠先中泠泉在長江底丈銅缾入江裏引繩發蓋始得汲濁流不敢污清泚高名傳會經千年游人戢戢爭相傳推有清宗若軒輕欲假秤量推玉泉從來真賞有真味豈以重輕殊賤貴我曾走馬上金山要覓芳甘滌腸胃道人指示一泓深無復棹舟江水心江洞泉移成岸井坐令懷古生沈吟世人紛紛耳為目鵠固非鵝馬非鹿但能兩腋風泠泠

睡起日高情自足，渴來白下飲秦淮。澀吻膏舌難爲佳，偶從辱井得清泠，已似玉液來天街。多君長瓶遠相致，恍如身到金山寺。肝肺炯然冰玉光，始悔前時多妄意。開函更喜誦新詩，就中令弟尤清奇。情深韻逸和不得，且可數典陳然疑。忽憶蘄王昔征戰，黄袍騎登浮玉殿。東坡停帆曾幾時，到此已嗟陵谷變。元明詩老名篇章，金山復在江中央。君今豈羡又來往，始信東海能生桑。世路覆翻都若此，一甌長是清泉美。中泠何處且休論

此心不易如江水

題鋤經課子圖

古人耕讀非二事，未道農夫不識字。馬上英雄恥讀書，始謂儒冠但求仕。湘上老人真古風，孝經論語蟠胸中。携兒棲書簑笠下，當時瞠視猶常農。幾年今子聲名久，被闈人々嘆有後。誰知農家本自然，五車萬卷夫何有。

曾九妻六十生日

佳話早傳哥領嫂大年行見婦承姑家風孝友高湘上令節壺觴盛海隅不數鷗波借魏國真如蠶室伴田居好憑夫子丹青筆寫作吳中賃廡圖

止酒

止酒徒能悅病魔美疢惡石日相磨不如老作糟丘長偃臥甕間閒醉歌

生日口占

歲月婆娑已作翁此身常在百非中年來想望多

成幻老覺調停不是功急劫可憐棋局換歡情惟賸酒杯空艾人今後堪題署無奈應官興早慵（方言齊魯謂老為艾人）

題庚昌銓遺畫

天衢接翼誇三鳳曾識君家好弟兄廿載匆匆如夢過又從遺卷想平生

頗憶長沙共硯時揮毫常畏世人知殷勤寫付非無意喜見元章有虎兒

題唐人寫經卷

莫高窟啓经萬卷駝載車裝等閒見官中曾有竊書見割贈朋儕常欲編却憶劉翁跋尾時數行殘字比尊彝從来物希乃足貴誰令見慣嗟無奇烽火幾年無覓處眼明見此驚奇遇分付長恩好護持莫被六丁收拾去

戲題偽本册

聖智當時槩奪真癡兒枉被大蘇嗔平生澷道胥無鬼投老方知眼有神

戊辰元日

放歲群情喜還家客意（思）新幾（五）年猶昨日一暖（雨）似深

春正有婆娑意仍慚襤褸身屠蘇行命酒始覺

老來真

題陳樹人畫松菊

歲晚東籬尚數叢劫餘來護六朝松披圖我亦添惆

悵不共樽園送客風

車中

攪夢車聲復水聲雪光如月向人明窗前倏忽燈千
變枕上曾騰路百程自笑還家仍作客轉因耐冷習長征
年來各已走千里合向談天問大瀛

題張大希白像

大隱何須遠城市一庭金石故翛然莫猶畫裏非真境
更識胸中別有天

即席口占有贈

廿年肝膽知如故一見須眉更偉然若向紫金山下望精

神游不隔人天　佃信夫

長沙一別感睽隔，何意相逢鍾阜前。昔日酒人今老盡，深杯迴憶十三年。　周本

送別情殷況，還舟路不賒。海天春正好，歸及看櫻花。　田岡

題林氏五代壽考圖

幔亭終是阻人天，老住鷄窠莫問年。輸與君家真壽域，康寧五世地行仙。

王仲房寄書請題

題清代名人書札卷

唐橅（摹）宋紙（搨）從豪舉何似搜羅及近人筆法得差時代歷典型猶見老成真偽細名字万餘筆感慨聲聞萬劫歷何妨當前始披賞題詩還結未來因

後湖泛舟簡協和

玄武湖中水（遙路）南朝舊夕陽問名桑泊古（異懷古）如夢秣陵荒殘葦黃舟隱新茀綠岸旁誰云五洲遠比鄰落正相望柳老維舟好萍空打槳宜輕風波細細晴晝日遲遲棹影晃（尤惜）驚鳥去（仍棹）機心崔嵬（未）知年來心不競竟見颯點（已）然鬢

小築皆臨水深雲好讀書偶然幽興適已隔世人居花事寒猶勒山光遠遊蹤雲雨來游賞處不復（敢）憶西湖

風骨傳飛將風流似（李）學人射生身手在求友性情真[illegible]

當猜妙見童亦絕倫平時飛動意真（應）有筆如神

逐棹還多暇閒尋春得朋登盤紅麴鴨挂綠蘋鷹見彈真求炙照畫今樓燈幽勝殊不負何惜劉宾藤

出太平門口占

東風（摧能）颺攬塵沙不聽啼（無復流）鶯（只著）聽曉鴉欲覓江南清謝

地

太平门外看桃花

平原結綺山鋪罽，處處桃花煙漫開。儘向春風炫紅紫，總揄香雪与寒梅。

徐武寧墓 王李武靖墓

穹碑十尺鎮相望，身後方能異姓王。莫為中山數勳烈，義兒原不負岐陽。

岐陽之死亦可哀

上巳

柳絮飛時燕影斜，朱闌猶憶舊人家。重三禊事元非晴

昔九十春光去已賒客魂南縈金縷曲庭枝還旋紫藤花
年年此日堪回首惟有精思漸已差 夫人為花農侍郎女因作於廣州學使署
題曾徐夫人綠蓮圖
先公昔作守錢塘守侍郎荷衣年十九試院親題第一
人主絕才名早滿人口文采翩翩上紫宸使車龍節嶺南
春已閒嬌女承家學共道蘭因得嗣人 蘭因館徐夫人詩集 我見
侍郎時已晚坐讀家世推群數宦遊詩畫劇修編娟
饒倡隨傳嬿婉此後匆匆廿五年 又來南海訪池蓮圖

虞泉洞九曜把壁同題詠堂璣彝詩光幼門同一轡並
蒂花還先後折教子嫩濱閨我年孤兒注畫眶中血
韜柔承我孫蓮園獨是當年點集餘家庭韻事鷗
香館老筆風流斕扇書青 山圃點 諸色生香描鬚鬍清
詞藻句相攀掃展卷留題臺上歎壓裝藏正是奩
中樹手澤郎君妣謹護於我因懷舊一尋思昔游
歷歷常如昨故事陳陳同莫知全叙誰佛徒悽愴荷
囊奉手同悲向待得圖人稱願特好為外家成宅相

紫藤花下悼往

藤蔓高槐接畫闌千花凝紫炫林端依然瓔珞承華蓋無復裙裾共玉顏往事重思如更歷良辰多負忍頻看推應辜負朦朧月仍照繁英自作團

徐州夜宿

徐州夏始尚修（微）寒中夜繁星爛作團大地沈沈渾入睡單衣惆惆感無端千年史盡人相斫四野雲屯（風知）麥正歡小立慨然生遠想想披泯應有淚闌干

滕縣

我行滕縣見花開卻也似漁洋惆悵來不白似銀翻似錦

道傍罌粟烟動成堆

推鋒

推鋒直進嗟何益密計周防智已殫載鬼弧真張

後覺污人歷更起無端瞻烏未識飛誰止困獸方知鬪

忍難莫冒浮雲能皆蔽石爛海枯終有待冒將明月事輕彈

題唐筱漁曾文遺扇

畫似蓬萊荔枝併寺道偏葫

畫筆經時色尚鮮知君展對每悽然休云篋笥年年穩
長共名門笏硯傳
故園所娶動歸思忽憶炎天啖荔枝北味南珍齊
擷取總輸湘上采蓮時
与懷懷話舊事因記以詩
澄思堂外古槐南姊弟同時髮正鬖更漏未移書
畫藝始知慧女勝癡男
新姻曲宴敞華堂堂前看當筵傳粉郎癡絕弟兄瞠

目空一時低首鳳朝陽

穠華幾日詠桃夭閱海簫聲引畫橈懷絕慈親持踵詩人歸長似往來潮

病榻經時百念灰也如無命更歸來傷心強起推衾日不為孤嬰送一衣

藍輿慟慟過湘濱茉莉塘邊草又新上冢匆匆餘卅載不堪重憶舊音塵

重至徐州

二十二

平野雲屯麥正黃連畦綠淨稻初秋農家共有豐穰喜
兵氣真為日月光已擬奔飛同鷙鳥恥將獰笑向豺狼香
來亦有英雄歎亞父墳頭憶項王
入夢
夢中猶是舊裳衣知我頻年百事非惆悵雨花亭下路
櫻殘草長不來歸
劉紀文妻誌後
恩深情至無生死結想纏悲有鬱陶我自低徊山谷語

從來真感不能銷

紉秋示印齋詩扇次韻卻寄

別後懸知鬢雪侵，閉門應覺居廬深。煩聞萱背多新樹，更喜桐枝近結陰。畫餅舊嘲名士氣，脂車今見故人心。年來我亦成瓠落，使〔絃彈〕擬彈〔云端〕弦且自禁。

五秋

歷鞅蟠胸盡夕休，紫金山色正當樓。連朝驟雨渾忘夏，一葉隨風又作秋。物論難齊惟在宥，人天多感始言愁。

獨居深念翻成笑何（異）似忘機狎海鷗

題冒鶴亭寫經圖 圖奉查聲山之大後得

過眼烟雲無覓處老來何意舊觀還孤兒願力深如海惟有慈恩欲報難

七月十五夜雨

三年坐（愁）看團圞影何似今宵聽雨聲殘暑正宜風捲去幻心時處月重明養生術以多方誤陳死人如（知）獨夜情泉下有知應亦戀天涯兒已報歸程

二十三

龍潭

萬人狼藉腥風裏我憶當時擁鼻來禿柳殘荷依舊活可憐白骨盡成灰

破[得]敵[勢]鏖如蚓穴鼠成功常似[便作]遇風鴻虞公采石謝淝水鄰[一様]壯危難起振撼中

題汲安詩後

汲安山貍照非宸宴酒酣忽憶排雲殿分明龍武記軍容彷彿龜年譜曲變江南最是落花時寫入

迴腸盪氣詞莫道鑄園山下祕舊人防有念奴知

次韻和醉六

相思千里駕還似粵江邊舊事猶堪說新時敢息肩形神徒委頓心路愧清全碌碌因人久高寒覺汝賢讀書常恨少憂國敢言功歧路誰先導登樓愧悵豁蒙羣情歡令節好内碍宗風菩薩吾何念懸知四大空

桔槔

隨人俯仰非無謂，贏得清泉滿漢陰園叟不知沾溉

力漫言機事有機心

九日登攝山

意中共擬清涼好，誰悟棲霞路不遠。六代青山人事改，一天紅葉雁行高。尋碑使有浮沈感，落帽翻無主客嘲。可惜巉巖千佛像，只餘殘塔認隋朝。

題表姪集

湛身王母成安國，別孫使生遺信陵。一樣恩深能說絕，世人悲論總無憑。

雪

一雪真令大地寬樓前堆積白漫漫不經便作豐年喜知
吾窮影簷持地寒

走馬

你立廣場看走馬旁人應笑老夫癡誰憐年少揮鞭
日隨壟拋羈絆不知
摠
羣中敢與駑駘伍以競上徒勞賞譽深以莫道良材馴服致
易古來難得是知心

張孝女詩

至情常近愚至性亦類癡當其奮不顧豈計人歎嗤迂儒好守經自（日）傲髮膚虧寧知孝子心但識親病危湛身且不惜何論肉與皮斷指猶翦爪割股如折枝皇天靈鑒貞誠下極匹婦私兒心只念疾困非醫所知此身久非我父死復（何）（私）為誰剃度二十七年獨為父修持本不異戒佛亦非佛所非此身有了日此心無盡時嗟哉世間子辛苦所為誰請願無父人肯來讀此辭

題看雲樓覔句圖

看雲常覺勝看山，樓上人應鎮日閒。會得詩情兼畫理，不須窗下展圖觀。

此心久与雲俱遠，垂老方知病可嗟。却喜詩人多韻事，廿年紅豆又新花。

病起

大患吾真在有身，銷磨百計（自新 今已似夢無根）尚如新（蘇）。胼胝微（似夏）病終偏廢，手足知趨（班）已（近）不仁。漫乞人銜添藥裏，還從鬼錄證（佳）塵因。

九曲合眼從來事蒙（出）死人（如）今猶有（又）一迴

陸師已嚴詳持思深微落筆纔雖虛空而游漸

入天機之脈絡之境矣

己巳元日

老來重見太平春家國雍熙又此辰海內早知同樂歲天涯無復來歸人含飴正喜親加郝止酒無傷漸入脣多少兒時梨棗事不妨圍坐說年新

春陰

高樓陰陰半春陰弱絮隨風自不禁閑庭年年成例事世人空費惜花心

太平门看桃花

七年前見此鋪飾今日思量最悵不如圖宴不關風事意

只誇結了昔付無

俞恪士故宅

金碧樓臺衆口誇蕭寥非復昔人家杜月蓮華東

風裏誰憶觚菴舊種花

題癸酉菴筆記

所見異辭聞異辭紛粲後世有誰知桐陰擁髻思前

事猶見撥尋搬青年時

何異

試馬

獨乘千里欲安之何惜駑駘果下騎雖有英雄傷老去淚零髀肉復生時

祭遵投壺藏蹴鞠是非固不害成功誰料東昏知此意馬歸長門春風

午日宴集騁花

角黍當筵有舊風歡呼如在凱歌中年城

冠劍猶聯角穴難力事已空往事不忘陸先生在

最喜得故人同可惜無力勝杯杓獨有詩豪四公

紅

喜雨

萬人乞　云石岩知遊齋雨街頭滑雨來赤日已隨處

峰隱黑雲如壓塌擲機池蛙鬧鬧如初慶團聚

荒荒不用栽側耳數聲雞四野簷前遙有隱如雷

後同之房韻

細秋結想成亭園幻得喜迺愜素園足求勝

果乃書本事以示相知爰續前詩後有此作

燕臺魂斷無消息酒醒花殘又今夕水上春風有幾人

迷離何處夢相識忽憶那舟入夢辰爾時契約復疑

真似年更比歷年小緣約歷知此日身從此殷勤處

却旗降日剛符年十六綵領紅絲記宛轉這把同身

何要再世分明似萬象新悲莊恨不消銷本因不昧

化生果是能還原饒落白頭同時坐客皆接眼人

天轉時時無生滅欲續朝朝暮暮緣絕添世世生生

某（十）年量珠計亦宜（一）著蓬火宅出何時十年早珠計

亦宜夢幻去來同一悟請看騎馬與楊枝

壽熊東三

霜鬢當年四海知黑頭今轉勝前時養生術早傳

真訣閱世人爭奉導師般背色魏公初不動汴梁原令

漫言致太平扶杖來觀日國老群驚海鶴姿

香山慈靖玉泉肥天（許）遣勞人駐翠微儘有園林非獨

樂偶然叢佩作擬飛身間即日是安心隨世論誰知杜

德機桃李斜陰搖自隨成蹊一任看芳菲

十年以長同兄事千里相思命駕無每憶笑談都鋒鋼

難忘濡沫在江湖平生壽骨今堪證少日交情老不殊非

徒樂天脩禊事耆英高會再成圖

壽吳劍秋六十

孝友家風岡海內至時吾最數宜黃陂鎮舊說兼轄

貴債應今傳舉按莊護鼓背共備去發在五長人道白

眉良印膺子姓皆賢今濟美為君壽一觴

題吳南岡觀潮小像　曉農紹文

錢唐觀潮人萬十八月涼風秋飆並祖衣露頂兀獨立吳山岸都識吳青天吳君此時歸不得梁省來作錢唐山翁小家圖景々有福袂袖手如聞長太息長江浪沸連鄉國此心已作秋潮觀阿戎老去阿戎死側身而望成悲酸畫手何人知此意寫出心中無限事不惜工圖並一時此畫十同時方三圖妥將二妙傳千祺吳言應更不可爲於今孫子畫寒鳶飛欲知孝友家風在看取圖

中大練衣

又代曾九作

得時行志古今難誰遣書生作好官料得儒裝無長物只留圓亮與人看

布襪芒鞋返初服秀眉長目剩精神冤潮不自居申劫天道終知福善人

果以戊午逝

七月十五夜對月

高樓月上正相望老去心情獨自傷久病不辭泉路近

初秋才覺葛衣涼也知齋莫空多事料得幽明共一光（省識人天）
安念劉陰今已盡此身何必判存亡

題清溪道人西園雅集圖　代劉大作

吾聞畫有南北宗亦如禪門分宗風又聞善畫非形似
不似之似真神通西園雅集盛才彥李圖宋畫世所
崇絹素千年久蕭落遲暮僅走嘆群工眼明見此清
溪華湛了若對書芙蓉不須畧畫罨金碧自有雲
物情心胸二蘇秦黃與李米意態下傳其中臨流

撫石香靜妙展卷舊筆何雍容水聲樹色如可見衣紋鬚眉影欲來淫揮毫不脫本家法用意直掩前人蹤始知能者無不可至竟南北誰雌雄幅終屬筆寫圖記如騁騏驥盤蟻封道人風致本高絕署樹龍眠擇南宮頓還舊觀或已太泰別開生面成孤寫古今書畫理一貫惟有智者觀其通沈粗文細強分別世論久矣鄙兒童月湖主人多賞會嫻然不眩懸雙瞳寶朱室中富藏弄珍重直欲羅數同

齋俟墨所困敎訪所藏不辭塗抹污紙尾或者吟哦同秋蟲還君此卷三歎息罷勉十駕勤衰翁

籬下

年年負手東籬下祇惜開時不在家惟誰識徘徊吟賞意此花看後更無花

秋望

風起雲飛又作秋病餘閒望獨登樓百年忽忽光陰老四野蕭蕭木葉（星物）愁天遠更無山可隔潮來直見海樣

麾揮戈返日徒虛語，任運無心隨去留。

題王壬翁衣依圖　易所都藏

少日曾傳問字來，舊聞迴憶有歎歔。當時奉贄俱零落，何待紅羊話劫餘。圖成于乙巳室南沙陳蘭崗作詩丈

應稱牛耳推學長，湘園當日本師何獨憐。姚分筆墨尋

應還畫圖詩債已多。南皮張詩是吊系先生時往來嵩山北洲　今猶人大筆論　湘綺翁日記屢依詩圖　十餘家

和者為明人今與湘綺秋畫圖不見圖中

郎園題句今如識，亂世高名事可哀。何似此圖能團世

僅教塗抹不成奇　華嚴經題詩者五月六子夜被鼾所困書以寫之塗抹然去及畫本

人生作健往為耳往日忠歡正可思惟有奔年長不改懷然又過食依時

静坐

静坐稍能百慮澄又要塵務一齊騰行尸走肉識何意救死扶傷愧未能也識知來由照往不須學佛已如僧心光自照徹塵寰無界何常别有燈

題秣陵秋色圖

三年幾度秣陵秋繁塞當無一日遊轉向圖中人便
羨只駐風駐水伯南風流留

題畫 悲少年白頭之兩

衰老端知不可期少年今日鬢成絲何如頭白居山崖
且停看山花紅滿枝

次韻屐堂見贈

平生風義友兼師喜入新年第一詩不道杜陵薛瘦

便敬應王約謂肥癡好書自悔非崇古老學深慙已

後時筆健輸君緣壽骨行能多恐負相期

再答展堂

歲朝休沐息官師餘事猶能到門小詩遺我發真態

益智眩人符自笑聆癡布衣興國懷前事蕭澗聽泉

誰肯時文致太平知不讓雍容裘帶想禮期

年來多病託醫師剩有勞歌與羨詩災難未饒愚

且喜生涯應笑老不癡更無方術肱三折只把年資還

一時結習未忘斷老及沈吟就列負前期心
粵學當年有大師聞深弟子盡能詩先明各放迴塵
劫慧智端宜滅意癡雲起龍驤開國日水深魚樂富
民時廿年迴首成今昔起廢療瘵自可期

叠前韵和展堂

長城寧敢撼偏師大急頻君更作詩無事未從屏
首飲有情終類觸頭癡抽絲乙乙仍相續伐木丁丁又
此時奔逐不嫌勞侍史詩筒纍答望如期

照筆推君一字師巴人下里敢言詩已無解醉瓶中
聖尚有雲山想大癡饋歲華筵辦老筆宜春綵勝
似兒時明朝便復惹韁鎖如此清閒未可期
疊韵再和展堂
少年文陣壇雄師老去何人敢定詩自鑄偉詞如鐵
聚不治他技合但書癡萬言倚馬真堪待見猶龍自去
史時頻士如真愛才者已知書劍不他期
昔聞廐馬盡吾師主善無常況學詩境過此餘飛

鳥逝書成穗似（作）凄蠅癡伴狂已歎無多子間暇猶能及
是時流水高山吾豈敢知音方待有鍾期
後堂並作已無師陶寫中年賴有詩山上蘼蕪悲宋
擲燈前兒女故嬌癡作情翁[崇實]下行歌日正值周婆制禮
時聾者那知音樂之美攢眉曾與太常期
日日升堂作講師料應無暇復言詩群編應不厭三
絕書帙還思借一癡且喜偷閒諸藕樂[illegible]同長夜劇
棋時自憐今已知才盡準備看花更索期

看似容易意自深遠用力恰到好處即平平寫過態度亦佳是唐詩非宋詩宋人惟半山能之丁戊兩年尚未臻此境

庚午六月敬觀讀過謹注

非翁詩稿

庚午元日

元正頒朔曆有新書，結習難忘舊歲除。易俗移風非旦夕，四分三統久乖疏。馬兒手欲徵胡曆，犬子手能賦子虛。我憶童時猶昨日，居然最後飲屠蘇。

後湖閒步

駸駸東風又入春，偶然閒步逐游人。雪消度已添湖水，風暖初能岸葛巾。蘆葦盡薪洲渚見，山川如畫

歲時新不懇蹇足傷疲曳轉恨衣裳重累身

喜晴

頑雲何意豁然開千里江天霽色迴殘雨散同閒客去遠山青似故人來遨遊正及春光好舊蕾無頭弱數催欲向梅園問消息可能花下一徘徊

細雨碧桃新雨過

嫌

次韻張法如

少年同此年歲分離相見悲歡不自持老想覓兒哀高會日難忘席帽大梁時故人零落今如夢好句低徊我所師收

捨游蹤歸从匳底自攜懸一畫一題詩

碌碌因人備一長卅年惟賸鬢成霜風塵自笑空皮骨家國何心是棣果妻老始知時易失奔年長似電遺夢君藝事能三絕餘智何同得扣囊

游仙四首

飛昇何事苦吹簫鍊得塵寰總想勞漫道成金須點鐵不辭剖腹為藏刀仙家故是能揮手凡骨何曾解拔毛家自累累人自擾只餘孤鶴向雲霄

舐殘丹鼎陽雲端，辛苦拖腸強自寬。聞道神仙足官府，

可曾鷄犬盡衣冠。榴皮書在貽東叟，桂樹叢應感暑寒。

驕貴淮王殊自誤，徒將都閬作盤桓。

祇憑符籙歸仙真，記得當年[時]墮馬人。自信胡麻堪作

飯，可憐滄海更揚塵。紅巾已[尚欲]不銜青鳥，錦字無因託素

鱗。等是仙家好離別，銀河惆悵隔年身。

丹成註籍大羅天，猶戀紅塵作地仙。只[已]許穴居同鳥鼠，居

然尸解似蛻蟬。[illegible]投壺但博天公笑，納聘[宋]難償織女錢。萬

騎投後工號女錢

黑暨游戲小別飛龍出骨意超然

行款印

為人題南園書卷

舉世沈酣趙董日昆明異幟獨顏公莫言書法屬芝道天捷

人豪放不同

題咫尺蓬萊館印稿

印人昔數皖与浙完白龍泓各大師實迂寸鍥而不舍君勿嫌他年粵派冠當時

缶翁沈泉牧又遊並時學者皆自科不師古人乃師古秦

劉廣印真先河

題徒步旅行册

萬里徑行詩一身不勞風翼與蒸輪大章竪亥非

夸誕要識神洲大有人

庚午上巳

花飛柳舞乍晴天上巳風光又眼前春光好如故可惜老（人去也）（青）

來雖有愛難捐永懷禊事誰中酒坐閱流波感逝川

三十六年容易過不應改曆始茫然

題李道士畫爲胡子靖

道人昔寶南田畫，燕臺示我同稱快。自言得此已傾囊，俸錢除畫家人怪。後來海上發淹留，忽聞易米同珠投。入懷腸中出筆底，奇味或遺蛻何庸收。嗚呼道人今何往，畫畫人間價值長。故人東下載扁舟，壓裝四幅餘我心賞。怪石突兀羞山峯，水平村遠天春容。洞庭歸舟山畫豬偃，寒窗閱世留孤松。我今對此懷前事，正見錢山聳雲氣。平生高節抗古人，頭還舊觀知不二。艱難興學有餘悲勞夢相慰，何人知頭白。經今二十載，尚憶當日舍弟亡時。

題師期倡和集

走卒知君孫可師，碧紗籠處題無詩。嗜痂敢笑劉邕癖，掩路幾回虛譽癡。驥尾青雲想自附，鼃聲紫色總非時。未能藏拙翻呈拙，好事流傳匪所期。

題陳協之詩稿用師期韻

十載相逢在義我師軒眉 今春讀君之詩孤芳自賞嗟
難及結習猶存未是癡夜雨竹屋桃看不盡春風庭院
主多時大邦文物從來盛君輩彥汲詳不待期
不相菲薄不相師我昔低徊孔部詩若字裏何殊帝國
興想體中常半點兼癡是丹非素嬌多事禰宗
雅唐笑入時甘苦自知隨自慰出門合轍本非期
譚律論言吏可師垂垂以棄不妨詩有餘自不嫌無暇
小點何之是大點癡拚騎月皓行殊自樂賞心翻吟已

當時海棠雖落君家芳盛佳句撩人多益期

和協之

收拾叢殘付餅師摩兒自貴謁言詩老年始悟閒為樂官事從知了即癡正是好花將放日最難春雨乍晴時未能擊壤聊釘鉸他日擬翻文一期

忘言空自悟禪師一證機緘後有詩難得胡塗方自訟漫言伶俐不如癡玄霜萬擣非因杵錦幕千花正及時何似半山工覓句綠陰幽草勝前期

綠陰幽草勝花時半山詩

靈谷寺看牡丹

憑欄始識百花輕不待繁香與眾爭宿雨沾膚酥欲滴朝霞上頰暈初生含紅含紫都光艷如咽如悲幾逗車馬水龍雲谷路嫣然真不愧傾城

壽陳勤士六十

門第吳興譽絕高艱難開國有人豪即今薄海推兄事當日承家記獨勞文武聲名成第業乾坤整頓付兒曹太平扶杖知非泰應祝期頤閱俊髦

六

和晨堂嘲協之晏起

東塾深懷故可師人言保扶麦 清夜未熟而遲遲鐘漏好敲詩棋中
黑子无非局枕畔黄粱未是癡露下宵沈知鶴警
日高睡足想蚕時欲眠自有思經事嫩而朝霞下雨期

和晨堂

老嫩何心敢致師應緣清夜得新詩夙興自合務
朝氣晏起從人誚墨癡待旦不忘行役事求衣長是
未明時雞鳴總被蜂聲誤脱珥無煩更勉期

苦雨柬展堂

孤負春光是雨師，惱人態只解催詩。已嫌乾鵲交愁溼，頗怪乖龍不作癡。官道亭皋迷草色，寺門泥濘誤花時。牡丹零落荼蘼盡，暇日銷憂未可期。

寄協和用原韻

前塵殊惡百花洲，況有匡廬路阻修。佳境不忘千里遠，愁霖長負一春遊。故人倘作蒼生楫，大廈難同白傳裘。不盡江南好時節，東來何日載扁舟。

游宦風光踪裹遍酒人何處覓荆軻匹夫自有興
亡責臥榻寧容鼾睡多攬勝不妨窮海嶽洗兵真
欲挽銀河新詩擊楫非無意便擬浮君一叵羅

題王一亭畫陳英士像

畫中以伏尸救人了

陳公英烈人舉世稱錢塘烈烈千載名盛美何容贊方其殉
難時伏尸救人難本無生死心豈有義利爭生為寫此圖與甜
筆適悍遂令觀者一一見老挽吾同果夫言一事為可棄
群兒戲收偽鳥驚逃見竄亂為獨逃懷旁突出樹奇驛

蹤蹟不得施獨爲（道爲書時）羣與村古來振奇人鉅細理一貫志身固易決應变何敏斷吾欲詔國人義激起俠節大更奮筆不形託豪端披圖想生平懷賢應三嘆

子讀手寫夫人晚晴集遺詩見示因題

生寄死歸無可恨老來真覺有緣空懷賢思舊蒼茫甚都在遠中湘翁欽一卷中

晚年我日晚晴時廿載劬勞故可思要使兒曹知此意自

和殘淚寫烏絲

閑心題詩余稿次韻奉答

識字一生憂患始，長年雙鬢雪霜侵。也知入世同觀化，尚有勞歌自苦吟。屬草已輕無是處，拈花今悟不言深。廿年哀樂那堪憶，粉碎虛空是此心。

題李烈婦

李氏婦守節廿年，撫孤成立。無何為賊劫去，罵不絕口死。十日後子全谷與尸歸，面如生，見者皆歎嗟。

人固有一死死何足懼古人一死生亦以義爲斷緒纓
自殉主蹈車或赴頸艱難唯死所一瞑了無憾烈烈李
氏母平生歷冰炭方欽瑜崖崇像遘黃巾叛罵賊辛
捐軀恥爲巖穴竄苟活非所甘趣死一何悍廿年冰蘖心
致此非一旦將頸臨白刃固知色不變十日面如生行人知感
歎懔乎自千秋期頤何足算此真不死術光氣燭霄
漢勗哉賢子孫毋教勿毀便
題畫 桃枝嬰武

本是花間自在身 桃林偃蹇見真天 何須鸚學得閒言語日日籠中睡向人

梅竹鶴

縞衣丹頂自翩躚 翠竹紅梅永作緣 莫笑清游長不厭 徘徊此境已千年

和太武七夕韵

荷花池高閣倚東城 記否當年夜宴情 華燭幾時隨淚盡 銀河依舊向人橫 墜歡欲拾秋醒夢無

老猶聞世昔兵戈果儼然前日事不堪回憶說承平

題徐大成陽靈墓碑

翠墨當時記共探深杯長夜話宣南箋暐依如山舊人

空老霜相鬢有論兵已不堪

秋盦藏本大興題細字親摹欲與齊此是君家

真世寶何煩紙墨辨高低

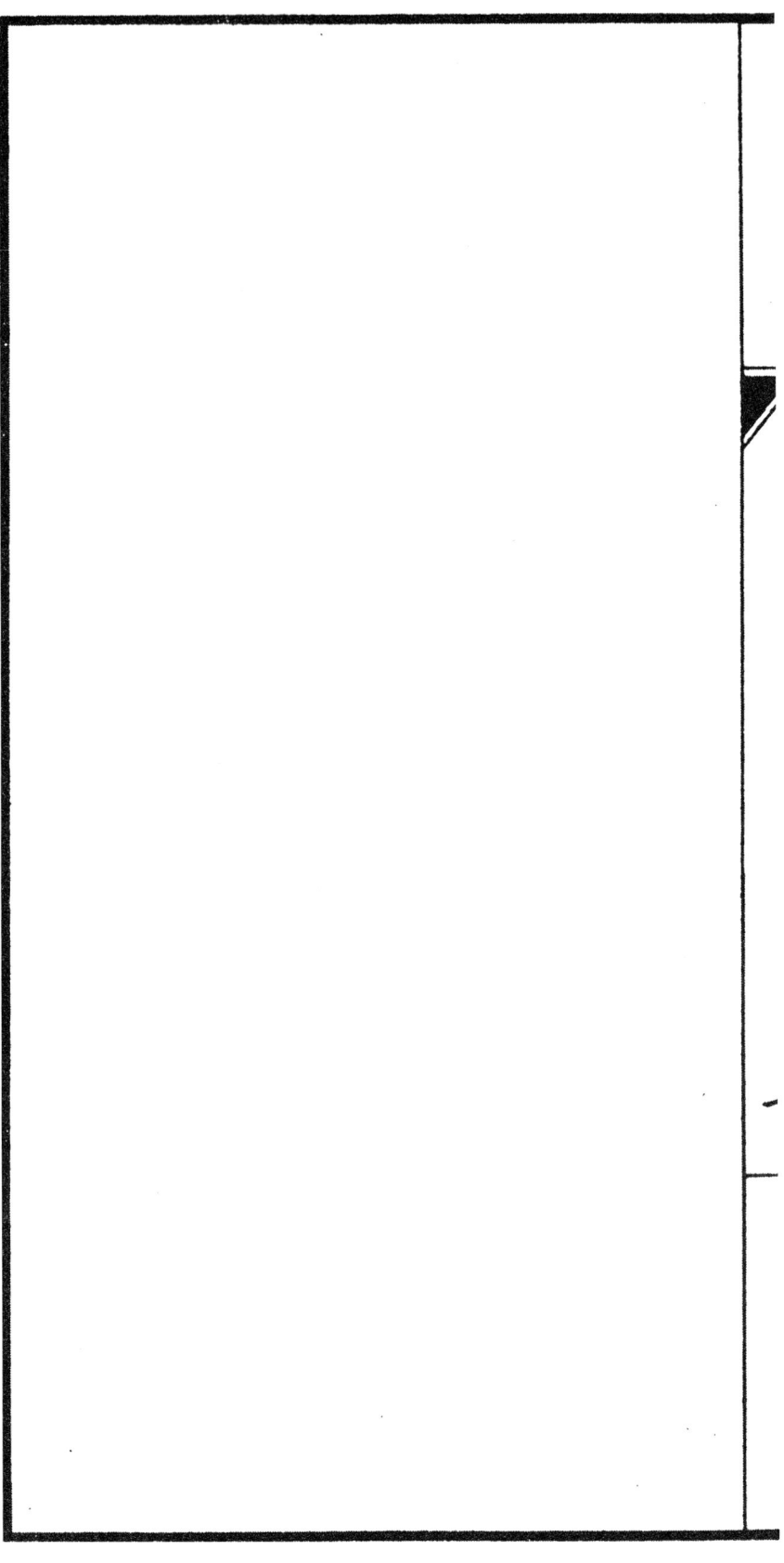

先三兄少日所作詩文多不存草光緒壬寅余兄弟同寫日記偶有篇什始記錄之亦後二十年兄于役廣州乃自寫詩稿迄於庚午凡得四卷又從日記鈔壬戌以前詩為慈衛室詩草一卷兄在廣海時每一卷寫成輒以寄余請諸友好評定之或復有所作則郵稿命余補書之冊粤行集中曉發始興以後詩及訒菴詩稿贛州光孝寺諸作是也慈衛室詩草中己酉五首辛亥

過洞庭中秋二篇則余從當時書札中迻錄補入者兄生平所為詩雖不廑此此蓋其手定之藁而晚歲所作特多謹先付之影印以分貽親故快先睹焉既藏事敬記其末民國廿年七月弟澤闓

出版致謝辭

先外祖《譚祖安先生手寫詩册》在武昌華中師範大學出版社出版前夕，編者問尚有他事交代否。想來除了略述其籌畫歷程之外，特别要感謝促成與參與此事之華中師大諸位友好的辛苦與用心！

先外祖手書詩册九十年前揮毫成書於南京，五十年前在台灣印行。而這段歲月，台灣正徘徊於守住傳統與奔向現代之間，舊有文風不再，古詩詞蘊涵之風格與書法藝術透顯之境界，已非主流。若問何以至此，就在欠缺有心人倡導推動而已！

近兩三年來屢罹重疾，唯恐時不我與，乃重託華中師大諸友好安排出版。近三十年間，與華中師大屢結善緣，而證得善果，先外祖手書詩册之得以順利刊行，可謂水到渠成，隨勢而行，且順天而成。

欲知先外祖一生之事迹與功業，則尚有先外祖長達三十年書寫之日記，也亟需付梓。此一浩大工程，更有待充沛之人力與物力之配合。幸得上海圖書館之鼎力支持，今春終完成先外祖詩册及日記公諸於世之心願。庶幾報先人之孔德於萬一。

由是而言，華中師大、上海圖書館與北京中華書局，共同爲兩岸歷史文物之保存與印行，堪稱樹立一成功之典範，何止是付託者永存心中之謝意而已！

余傳韜　謹識

二〇一九年三月二十一日